龍雲
作品

龍雲
作品

龍雲
作品

龍雲
作品

驅魔教師
04
犬妖
B.c.N.y.——繪
龍雲——著

驅魔教師 04 犬妖

第1章・人逆靈 008
第2章・怨 042
第3章・除氣 068
第4章・狂 099
第5章・殘怨 128
第6章・掘根 140
尾聲・全面啟動 174
後記・ 187

第章・人逆靈

1

人的適應能力，真的很不可思議。

在看著班上的氣氛如此輕鬆與融洽的時候，曉潔的腦海裡面，有了這樣的感嘆。

與阿吉兩人從台南回來之後，曉潔一度覺得自己陷入了杯弓蛇影、草木皆兵的狀態。因為一直懷著班上終究會發生什麼事情的想法，導致不管看到任何可疑的事情，曉潔都會擔心是不是又要發生什麼事情的前兆。

尤其是在與阿吉討論過後，兩人都覺得對方不會就這樣罷手，再加上陳純菲的母親至今仍然下落不明，在在讓曉潔覺得敵暗我明，整個班級的人都彷彿是在狙擊鏡下的目標一樣，隨時可能被遠處的凶嫌算計，再度引發一場致命的危機與風波。

因此哪怕是一個陌生人在校門前閒晃，乃至於班上任何同學有任何奇怪的動作，都可以讓曉潔感到緊張。

只是接下來的兩個月，班上的情況就跟陳純菲失蹤的母親一樣，毫無聲息、風平浪靜，

沒有半點異狀。

就連其間經過了第二次段考，曉潔也因為這段時間的平靜，再度取回了全學年第一名的位子。

看著眼前的平和，有誰會相信過去幾個月中，這個班級曾經經歷過多麼大風大浪的事情。現在一切都彷彿沒發生過一樣，船過水無痕，這讓曉潔覺得有點不可思議。

教室前面，阿吉後援會的三人小組聚集在一起，彷彿又在討論阿吉最近的情況。光是看三人現在開朗說笑的模樣，誰能夠想像得到，那些發生在三人身上的事情，不過距離現在才短短幾個月而已。

三人之中的徐馨，因為地惑魔的關係，失去了奶奶。芯怡則是因為過度減肥的關係，惹上了人餓靈，鼻子還因為曉潔失手的關係，曾經一度留下大片的瘀青，不過如今已經完全看不到傷痕。看著兩人現在討論著昨天阿吉又做了什麼事情的模樣，似乎已經徹底從失去至親與情傷的傷痛之中慢慢走了出來。

不要說她們兩個了，就連曉潔自己也因為這兩個月的風平浪靜，逐漸放鬆下來，自己撞到人縛靈的事情，回想起來更彷彿是很遙遠的事情了，然而實際上那也不過是這學期剛開學的時候才發生的。

至於阿吉後援會三人組中的美嘉，雖然一度被三煞合一的煞妖所害，但是此刻曉潔真正為之感到心痛的卻是美嘉的雙親，聽阿吉說，因為美嘉沒事的關係，她的雙親更加迷信那個神棍，還餽贈了一大筆的金錢給他。

不過如果要說到傷害，在這一連串事件之中，影響最大的或許是陳純菲也說不定。媽媽失蹤被警方通緝，這可不是一兩個月就可以當作沒事一樣的事情，不過，除了人看起來比較沒有精神之外，陳純菲倒是出乎意料之外的平靜，班上恐怕只有阿吉與曉潔知道陳純菲家裡發生了這樣的劇變。

不過這些真的恍如隔世般，在經過兩個月的平靜日子之後，看起來似乎非常遙遠。

雖然在這中間曉潔曾經參加陳伯的喪禮，前來致意的人不少，可以稍微看得出來陳伯的人緣很好，一想到陳伯也算是為了保護自己而死，多少還是讓曉潔覺得哀傷不已。

為陳伯主持喪禮的不是別人，正是阿吉，雖然在整個儀式之中，阿吉都沒有太多表情變化，但是聽何嬤說，阿吉跟陳伯的感情很好，打從還沒被呂偉道長收為徒弟的時候，常常在廟裡面玩到受傷的阿吉，就受了陳伯許多照顧。這也讓曉潔更加難受。

而在陳伯的喪禮之後，一切就恢復了正常，彷彿過去這幾個月的經歷，都只是一場夢境。

這讓曉潔也不免聯想到會不會是那個想對自己班上不利的幕後黑手，已經放棄了？

正是因為這樣的想法，才會讓曉潔感覺到人真的很不可思議，一旦日子恢復了平靜，心態與想法也就跟著放鬆了。

不過，如果事情真的如自己所想的一樣，對方徹底放棄了，雖然最後沒能夠找出幕後黑手，讓曉潔多少覺得有點不安與遺憾，但是雙方就此井水不犯河水的話，似乎也不是什麼壞事。

如果可以這樣……就好了。曉潔這麼想著。

至少，對現在的曉潔來說，這或許是最好的結果。

2

是夜，呂偉道長生命紀念館之中。

已經過了營業時間的生命紀念館，此刻按理應該已經上了鎖，可是裡面的房間，依然透著燈光。

生命紀念館是呂偉道長生前的住所，裡面有個平常營業時間也不會打開來讓人參觀，被呂偉道長當成倉庫使用的房間，在改成紀念館之後，那裡依舊是倉庫，只是多了一些沒有拿出來擺設的物品。

其中多半都是呂偉道長的一些生活用品，或者是一些已經被汰換過、比較不常使用的法器，當然其中也包括了一些不值得拿出來展覽的東西。

阿吉從幾個塵封已久的箱子裡面，拿出了一本相簿。

比起外面框起來的那些照片，動不動就是與歷屆總統的合照或者是跟一些大人物的合影比起來，這裡收藏的照片比較「居家」一點。

至少，對阿吉來說，這裡的照片比起外面那些還要珍貴許多。

打從送肉粽事件之後，呂偉道長為了收阿吉為徒，還特別登門拜訪了阿吉的雙親多次，幾乎可以說是說破了嘴，才讓阿吉的雙親「勉強」答應呂偉道長收阿吉為徒。

在那之後的二十年，兩人一同南征北討，面臨過許許多多的事件，也一同出生入死過不知道多少次，一切常常都只因為呂偉道長的一句「義無反顧」而讓兩人深陷於危難之中，可是阿吉一次也沒有抱怨過，甚至很懷念當時的時光。

不過這些都是之後的事情，事實上阿吉被呂偉道長收為徒弟後，第一個遇到的課題，也是拜入鍾馗派的所有徒弟都得歷經的課題——背口訣。

然而這個關卡，對阿吉來說，幾乎是易如反掌，從小記憶力過人的他，只花了不到一個禮拜的時間，就把整個北派的口訣從第一個字背到最後一個字，一字不漏。

只是由於年紀還太小，因此那時候的阿吉只能夠死背，其中大半的文字到底是什麼意思，阿吉根本不清楚。

因此在那之後呂偉道長的工作，就是分開來一句一句，甚至是一字一字教導著阿吉，花了足足一個月的時間才讓他了解這些口訣到底是什麼意思。

也正因為如此，在同年紀的小孩看著卡通與漫畫的時候，阿吉卻跟著呂偉道長背誦著這些艱澀難懂的文字，造就了阿吉過人的中文程度。

在學會了口訣之後，阿吉不得不佩服祖師爺的用心，尤其在跟著師父呂偉道長一路收服一百零八種靈體的同時，阿吉也逐漸體會到字裡行間深藏的許多線索，阿吉曾經一度因為這些線索而讚嘆不已。

翻著泛黃的相本，回憶一一浮現在眼前，阿吉清楚地記得每一張照片拍攝的當下，天空的色彩、周遭的氣氛以及當時所發生的事情，當然心中也浮現出許許多多五味雜陳的感受。

每一張照片，往往都代表著一個故事，甚至是一段傳奇。正因為照片可以勾起許許多多的回憶，因此才會有人甚至把它拿來當成日記工具。

除了口訣之外，對鍾馗派的弟子來說，另外一個重要的課題，就是操作戲偶。

雖然早在送肉粽的那場意外之中，呂偉道長就知道阿吉的操偶天分，但是當阿吉正式開始學習操偶技巧的時候，呂偉道長才知道，阿吉是真正的操偶天才。

別人需要花上好幾年才有可能達到人偶合一的境界，阿吉幾乎在短短不到一年的時間，就已經超越了這個境界，直接到了連呂偉道長都沒有辦法到達的程度。

這也算是大開了呂偉道長的眼界，畢竟呂偉道長的操偶技巧，絕對不算差，甚至在北派也算是翹楚，但是跟阿吉相比，真的是相形見絀。

在學會了口訣與操偶技巧之後，阿吉也算是出師了，因此在那之後，便時常跟著呂偉道長，去各地處理一些委託的案件。

比起其他學徒只是做些開壇或者打雜的工作，阿吉的工作只有一個，就是在呂偉道長開壇作法的時候，負責在一旁跳鍾馗來鎮場面。

本來就是以跳鍾馗為主所演變出來的鍾馗派，在這樣的排場之下，真的是讓呂偉道長有如神助。

就這樣師徒倆聯手，解決了許許多多原本就連呂偉道長都很難解決的靈體，阿吉的協助，給了呂偉道長很大的優勢。

當然這些完全都不為外人所知，只有真正了解阿吉師徒的人才會知道，呂偉道長被尊稱為「么洞八道長」的榮耀，有一半可以歸功阿吉所有，如果沒有阿吉那出神入化的操偶技巧，呂偉道長幾乎不可能完成這樣的壯舉。

只是知道這件事情的，全世界恐怕就只有四個人而已，除了心知肚明的阿吉師徒兩人，另外就只剩下親眼看過阿吉與呂偉道長聯手的高梓蓉父女倆。

因此單獨就經驗來說，阿吉也可以算是身經百戰，閱歷豐富。

從法醫那邊得知關於那個空殼屍身的事情之後，阿吉就立刻聯想到了過去的那個人。

過去那起嚴重的事件，正是因為一個空殼屍身而揭開序幕的。

當然事後呂偉道長跟阿吉都非常清楚，那個空殼屍身就是為了養出一個染血的鍾馗戲偶，而這樣做的目的，是為了將原本斬妖除魔的鍾馗，轉為率領眾鬼橫行無阻的鬼王鍾馗。

在鍾馗派中，特別稱呼這樣的人為一種特別的靈體——人逆靈。

逆天而行、墮入魔道。

這時阿吉翻著手上的相本，在其中一頁停了下來，上面有一張照片是呂偉道長跟另外一個年紀看上去也差不多的道長合影，照片中的兩人笑得很開朗，乍看之下，就好像是一對感情很要好的兄弟一樣。

阿吉還記得這張照片，因為當時拍攝這張照片的人，正是阿吉。

這個人，正是後來呂偉道長與阿吉兩人一起對付過的人逆靈——劉易經。

當然在拍照當下，他還不是人逆靈，而是名鎮一方的鍾馗派翹楚南派掌門，而劉易經也是現在大家人稱「頑固老高」的師兄。

鍾馗派因為口訣缺損的關係，導致聲望與實力一落千丈，在經過了這麼多世代的傳承，情況更是每況愈下，一代不如一代，甚至最後還因為口訣與認知的關係，導致原本的鍾馗派分裂成四派。

每派之間不願意互相往來，各自傳承了多年之後，口訣缺損的情況越來越糟。在四派之中，南派的口訣是最不完整的。至於其他比較完整的三派，情況也沒有好到哪裡去，鍾馗派也因為這樣的關係聲勢一落千丈。

而就在這看似墜入谷底的情況下，有兩個男人站了出來，讓鍾馗派重新振作了起來，一個當然就是呂偉道長，另外一個便是這個曾經是南派掌門的劉易經。

身為南派大弟子的他，並不是打從一出道就備受期待，事實上劉易經在早年的時候，路途並不順利，甚至可以稱為坎坷。

當時劉易經的師父，也是當時南派的掌門，因為意外的關係英年早逝，甚至連口訣都還來不及完全傳給劉易經與頑固老高。這對本來口訣就不完整的南派來說，更是雪上加霜。

但是劉易經接下了南派掌門之後，以師兄的身分，不但代替自己英年早逝的師父，將口訣傳下去，並且還靠著自學，將這些殘破不堪的口訣一一補足，這些都讓劉易經的聲望如日中天，一度與呂偉道長並駕齊驅，兩人甚至有「鍾馗經緯」的稱號。

但是，為了可以快速提升自己的能力，劉易經選擇了一條取巧的捷徑。

以血染偶，墮入魔道，此舉不但造成一場毀滅性的災難，甚至讓南派面臨滅亡的危機。最後在頑固老高的請求之下，呂偉道長與頑固老高聯手，總算是打敗了劉易經。只是頑固老高付出的代價也不小，一方面是因為師兄懷有私心的關係，導致許多口訣隨他而去，另一方面則是頑固老高的小女兒高梓蓉，也被劉易經利用並且打傷，導致身受屍毒，需要長時間的照顧，因此還搬到么洞八廟住了好長一段時間。

為了幫南派補足太過於零碎的口訣，呂偉道長也破例讓頑固老高的一名弟子，來到北派學口訣。當然，這個弟子就是阿畢。

這張照片，是當時兩人還被稱為「鍾馗經緯」的時候所拍攝的。

彼時照片中的兩人，根本還沒有半點意識到他們的未來將會是一片腥風血雨，或許當時的劉易經已經有所覺悟，但一旁的呂偉道長肯定是渾然不知。

看著這張兩人的合照，那場堪稱壯烈的對決，又再度浮現在阿吉的腦海之中。

3

在那場後來被人稱為「易經之禍」的大災難降臨之前，根本沒有任何人察覺到劉易經心懷不軌。

一切都是從被供在頑固廟底下的那具屍殼開始，發現那具屍殼的弟子，將事情告訴了頑固老高，頑固老高也照實將這件事情稟報給自己的師兄，也就是當時的南派掌門劉易經知道。

然而，當頑固老高開始著手調查之際，他漸漸發現一些過去發生的事情以及那具屍殼，似乎都跟自己的師兄劉易經有關，而與此同時，一些廟裡的弟子也開始原因不明地失蹤。

當然這些最後都被證實與劉易經脫不了關係，只是頑固老高是如何調查到的，這點阿吉並不清楚。

當阿吉知道的時候，已經是頑固老高連夜帶著自己的女兒一起跑來么洞八廟求救了。

呂偉道長在聽完了頑固老高的指控之後，沉思了好一陣子，才緩緩地開口說出了那三個字——

人逆靈。

當時的阿吉早就已經學會了口訣，自然也了解這三個字的涵義。

劉易經偏離正軌，選擇了魔道，一切只為了力量。

為了阻止劉易經，師徒兩人偕同頑固老高父女，連夜趕到台南。

在跟劉易經的對決之中，呂偉道長與頑固老高兩人中了劉易經的調虎離山之計，導致最後只剩下阿吉與高梓蓉兩人還守在頑固廟之中，而劉易經也在這個時候，回到了頑固廟。

這是一開始劉易經就算計好的結果，他打算先拿下阿吉與高梓蓉，然後拿兩人來逼迫呂偉道長與頑固老高。

當然如果情況不允許的話，劉易經也不排除殺了這兩人，來刺激呂偉道長跟頑固老高，至少這樣一來在鬥法方面，劉易經的勝算就會更大一點。

原本劉易經還以為輕鬆丟個令旗，就可以讓阿吉與高梓蓉兩人就範，任憑他擺布，誰知道站在貨車前的阿吉，竟然從貨車中拿出了鍾馗戲偶，當場跳起了跳鍾馗，抵擋住了劉易經的令旗攻勢。

當然在雙方對壘之前，劉易經就知道這小子操偶有兩下子，不過就他所知，阿吉並沒有本命鍾馗，無法真的請祖師爺上身，當然也不可能是自己的對手。

說難聽一點，在非本命的情況之下，那戲偶所擁有的，不過就是鍾馗祖師的餘威，雖然對一般靈體來說，還是可以擁有狐假虎威的效果，但是那終究有其限度。

果然雖然抵擋住了劉易經的攻勢，但阿吉手上的戲偶也跟著裂開來，就連操偶線也跟著斷了。

劉易經見了，面帶微笑地丟出了另外一面令旗。

只是阿吉這邊也沒在怕，轉身朝貨車裡面一抓，又是一個鍾馗戲偶。

當然劉易經不知道的是，這滿滿一貨車的鍾馗戲偶，全部都是呂偉道長為阿吉準備的，雖然打從知道阿吉的操偶技巧之後，呂偉道長就四處為阿吉張羅本命鍾馗，甚至一度還找上了國寶級的製偶大師，但是都沒有辦法幫阿吉找到合適的戲偶。

既然質不行，就以量取勝。

這一貨車的鍾馗戲偶，倒也不是專門為了對付劉易經所準備，只是平常阿吉每跳一次鍾馗，幾乎就會損毀一尊戲偶，為了以備不時之需，呂偉道長自然幫阿吉準備了這幾乎可以說是滿滿一車的戲偶。

雖然劉易經知道阿吉有兩下子，但是阿吉的表現仍然在劉易經預料之外，或許是因為想要看看阿吉到底能撐到什麼地步，因此劉易經也不改變方法，繼續跟阿吉纏鬥。

比起劉易經的輕鬆應對，阿吉這邊才花掉三個鍾馗戲偶，就已經是上氣不接下氣。

畢竟阿吉這邊可是直接要對付那些劉易經用令旗召來的天兵天將，幾乎每一次跳鍾馗都讓阿吉用盡了全身的力氣。

不過比起身體上的痛苦，阿吉內心所承擔的壓力更是龐大。

跳鍾馗本來就只能一個人跳，因此高梓蓉只能躲在貨車後面，幫阿吉精神上打氣。

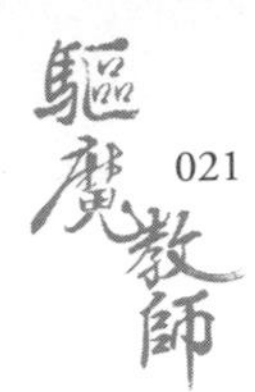

不能輸！輸了，就會死！而且不只有我死！就連梓蓉也會跟著我一起死！有了這層覺悟的阿吉，當然不敢大意，不過眼看貨車上的鍾馗戲偶越來越少，阿吉也知道當鍾馗戲偶耗盡，自己就真的沒有什麼可以保命的方法了。

因此就算明知道不可能，也要試著去做做看，阿吉展現出雙手三偶的絕技，一次動用了三個鍾馗戲偶，並且開始試圖讓這些天兵天將反過來對劉易經發動攻擊。

結果阿吉用了最後三個鍾馗戲偶，希望可以讓劉易經自食其果，但是與呂偉道長齊名的劉易經，光論功力來說，根本不可能被阿吉打敗。當阿吉踩完了七星步的最後一步，並且大喊了聲「破」之後，只讓劉易經動搖了一下。

看著眼前這個強大的對手，阿吉知道自己不但輸了，而且還輸得很徹底，他無力地坐倒在地上。

「你已經輸了。」劉易經嘴角揚起了一抹淡淡的笑說：「可惜啊，真的是太可怕了，我一直以來都以為我跟你師父在伯仲之間，現在我知道我缺少什麼了……缺了一個像你這樣的弟子。」

被劉易經這樣稱讚，阿吉一點開心的心情也沒有，一對大眼睛仍然惡狠狠地瞪著劉易經。

「如果小高能夠有你的一半，」劉易經臉上突然浮現出一抹落寞的表情說：「我可能就不會踏上今天的路了。真的太可惜了，再給你十年，你一定可以靠著你這操偶技巧，至少跟我打成平手。不過，眼前的你有兩個嚴重的問題，一、你恐怕在人世間很難找得到合適的本命鍾馗，很難有能夠跟你操偶技巧匹配的。二……你也必須活過這十年才行，而不是在今晚挑上像我這樣的對手，死在我的手中。」

阿吉非常清楚，即便自己還是個未成年的少年，劉易經也絕對不會放過自己，阿吉知道自己很可能真的就要像劉易經所說的一樣，得在這個地方喪命了。

然而就在這個時候，阿吉眼角的餘光，看到了一個身影，正從後面緩緩地靠近劉易經。

「今晚……」阿吉揚起了臉，一臉傲然地說：「會死的人，不是我！」

劉易經挑起了眉，張開嘴正準備說些什麼，這時突然從旁邊竄出一個身影，直直撲到他的懷中。

那身影只到劉易經的腰間，因此劉易經一直到那身影撲到了自己懷中，才注意到身影的存在。

那身影不是別人，正是高梓蓉，而在撲向劉易經的同時，高梓蓉也將自己手上的一把短刀，刺入劉易經的胸口。

這一下來得突然，劉易經根本連閃都來不及閃就被高梓蓉輕易得手，甚至連高梓蓉自己都不敢相信她真的可以做得到，一時之間也愣在原地。

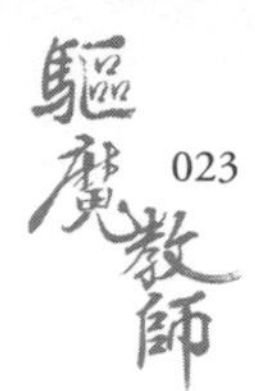

「梓蓉！快退開！」阿吉大叫。

阿吉的叫聲讓高梓蓉回過神來，但是為時已晚，憤怒至極的劉易經掄起了拳頭，一拳狠狠地打在高梓蓉的臉上。

這一拳光是力道就已經足以讓高梓蓉身受重傷，更何況上面還附有劉易經入魔之後的法力。

高梓蓉整個人被打飛起來，直直飛到了阿吉身邊才重重地墜落在地上。

高梓蓉完全昏死過去，臉上還蒙上了一層紫氣，雖然阿吉不是陳伯，不知道那股紫氣的意義，但是光是從情況看起來，也知道高梓蓉非常不樂觀。

「你竟然把梓蓉——」

阿吉站起身來，準備就算是以命相搏，光用拳頭也要跟劉易經拚個你死我活。當然阿吉絕對不是沒有勝算，至少現在的劉易經已經身受重傷了。

可是當阿吉站起來時，看到了劉易經的樣子，阿吉臉上原本憤怒至極的表情，竟然瞬間轉為驚訝。

只見劉易經沉著臉將插入自己胸口的刀子緩緩拔出，看起來一點也不像是剛剛才在胸口中了一刀的男人。

劉易經根本已經是個不死之身了？

阿吉有了一個覺悟，那就是不管自己有多麼厲害，此刻面對到只有他傷得了自己，自己是絕對傷害不了他的對手，也只有死路一條了。

就在阿吉已經用盡一切，只能乖乖張大雙眼，看著劉易經送自己去投胎的時候，呂偉道長跟頑固老高終於趕回來了。

然而，這雖然短暫地救了阿吉一命，但是仍然無法改變劣勢的局面。

就算呂偉道長跟頑固老高趕回來，劉易經還是佔盡上風。

頑固老高見到被打成重傷的高梓蓉，整個人瀕臨崩潰。

阿吉將高梓蓉刺了劉易經一刀，但是劉易經卻一點事情也沒有的模樣，告訴了呂偉道長，然而就連呂偉道長都不知道他使用的到底是什麼妖法。

劉易經那邊，當然也不可能等待師徒兩人商量出任何結果，立刻對呂偉道長發動攻擊。

於是，這個曾經被比喻為鍾馗經緯的兩個男人，生命中唯一一次，也是最後一次的對決，就這樣在一面倒的情況之下展開了。

阿吉在一旁看著呂偉道長與劉易經兩人鬥法，真的感覺就好像在看一個人站在鏡子前面自己跟自己鬥法一樣。

兩人不能說是一模一樣，而是剛好相反。

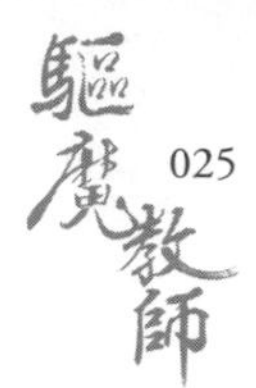

雙方同樣拿著鍾馗戲偶，開始跳起鍾馗，只是一個戲偶正氣凜然一臉霸氣，另外一個戲偶則是鮮血淋漓充滿邪氣。

踩七星步的時候也是，一個正踩，一個逆著踩。

不過如果真的只是凡事都倒過來就好，那麼入魔的領悟也太好笑了，這點阿吉當然也非常清楚，入魔道並不是只要將這些步驟倒過來走。

在鍾馗派之間，一直有個大家都知道的傳言，就是鍾馗所傳下來的這些口訣之中，藏有操鬼馭靈的祕訣，只有入魔道的人，才有可能領悟，這正是劉易經墮入魔道的目的。

阿吉聽呂偉道長提過，劉易經是真正的天才，如果他早生個幾百年，降臨在口訣還沒分裂，甚至還尚算完整的時代，憑他的天分，說不定會讓整個時代為他而改變。

偏偏生不逢時，這就是劉易經這輩子最大的痛，他出生在現在這個時代，並且師承口訣最為破損的南派。

在這些破損的口訣之中，劉易經還是自我領悟到了很多降鬼伏魔的訣竅，甚至跟呂偉道長齊名。

可是終究是自我領悟，不是原本由驅魔真君鍾馗帝君所流傳下來的口訣，沒什麼別道藏於其中，更沒有什麼祕密藏在字裡行間之中。

劉易經自我領悟的，不是真正一字一句的還原口訣，而是靠著推敲將破損口訣所流失的「方法」找回來。

即便自己所能學到的，只是些破損的口訣，但是透過這些口訣，劉易經非常清楚它的珍貴與蘊藏於其中的奧祕，相對的他也了解到人終究還是人，光憑他自身的力量，根本不可能真正讓失傳的口訣復活。

這讓劉易經看見了自己的瓶頸，而為了將所剩無幾的口訣，發揮其最大的力量，他知道自己只有一條路。

這正是他選擇這條魔道的真正原因。

阿吉當然非常清楚，如今劉易經的一切力量，都是源自於口訣。

如果是這樣的話，那麼想要破劉易經不死之身的方法，肯定也藏在口訣之中。

數以萬計的口訣，在阿吉的腦海中狂奔不已，因為破解劉易經的祕密一定就藏在口訣的字裡行間。

呂偉道長與劉易經正鬥得不可開交，在外人眼裡看起來，兩人似乎勢均力敵，但是呂偉道長自己心裡非常明白，劉易經根本不是自己對付得了的對手，兩人這樣一路下來用的幾乎都是同樣的招式，但功力差距卻是相當的明顯。

只怕自己再撐也撐不了多久了，光是功力的差距就已經讓呂偉道長有了這層領悟，更何況照阿吉的說法，劉易經還是不死之身，這樣下去的話……

「師父！」阿吉突然在一旁叫嚷著：「惑！」

聽到阿吉這麼喊，呂偉道長也立刻會意過來。

的確，這不死的情況，應該只是一種惑術。

口訣之中，惑靈最擅長的就是這種以假亂真、迷惑人心，只是這些原本是惑靈的特色，在墮入魔道之後，反而成為了人逆靈所能使用的招式。

以惑靈來說，迷惑之人必不能離開其惑百丈之外，這正是所謂的「惑必據於百丈內」，也就是說，惑的本身範圍，只限於百丈。

這就是為什麼當初上了徐馨奶奶身的惑靈，需要特地把徐馨抓回去的原因。

遇惑之人一旦離身百丈之外，就不會再受到迷惑。

「阿吉！」呂偉道長對阿吉叫道：「我纏住他，你去找！」

就只有這句話，阿吉立刻了解呂偉道長要他去找什麼，當然劉易經也知道。

「你纏得住嗎？」

劉易經說完，立刻朝呂偉道長這邊攻過來。

這下兩人就已經不再是鬥法而已，而是性命相搏的肉搏戰。

兩個都是鍾馗派正統的傳人，所用的也都是魁星七式，只是劉易經這邊，除了魁星七式之外，還有一堆入魔之後所領悟出來的逆魁星七式，每一招幾乎都攻得呂偉道長防不勝防。

不過呂偉道長終究還是老江湖，即便招式都被對手料中，還得防禦各種從魁星七式中發展出來的逆七式，一時之間顯得極為狼狽，但是也還算躲過許多次致命的一擊。

可是類似的驚險場面一再發生，就連呂偉道長也開始有了覺悟。

或許，今天他們師徒倆，真的會跟高梓蓉父女一起死在這裡。

就連身經百戰，總是可以在絕對的劣勢之下開創出活路的呂偉道長，此刻也有了這樣的覺悟。

就在呂偉道長以生命為賭注，順利纏住劉易經的同時，阿吉立刻動手尋找任何可能藏東西的地方。

頑固廟對阿吉來說，絕對不陌生，只要兩人來到南部，幾乎都會在這裡住上一晚，因此這裡的中庭也算是阿吉暫時的遊樂場，他跟年紀相仿的高梓蓉，常常就在這個中庭玩樂追逐。

阿吉知道一個地方，有個很難被人發現的場所，就是榕樹後面，有個中空的樹洞，如果阿吉常住在這裡，他肯定會把那邊當成他的寶庫。

所以當阿吉開始搜索頑固廟，第一個目標就是榕樹後面那個樹洞，阿吉跑過去將手探進去，果然摸到了一個硬硬的東西。

阿吉將東西拿出來一看，是個長型的箱子，打開箱子，裡面果然是一尊暗紅色的鍾馗戲偶。

「師父！」阿吉舉起戲偶，大聲的叫道：「戲偶！」

這一叫，不只有呂偉道長精神為之一振，就連一旁本來都還在為女兒擔憂的頑固老高，也立刻會意過來大叫：「對！那就是我師兄的本命！」

劉易經這時也是一臉訝異，因為他壓根兒想不到阿吉竟然會知道那個樹洞，更想不到阿吉才花不到幾秒的時間就找到了自己的本命鍾馗。

「那才是他真正的本命鍾馗！毀了他！」

呂偉道長叫道的同時，立刻朝劉易經攻去，就算不能傷到他，也希望可以絆住劉易經，好讓阿吉可以把握住機會，摧毀劉易經的本命戲偶。

但是這一下根本不可能得手，呂偉道長一雙手牢牢地被劉易經抓住，並且一扭之下，整個人被四兩撥千斤地摔倒在地面。

劉易經用膝蓋頂住倒地的呂偉道長胸口，壓制住他。

「值得嗎？」劉易經挑眉問道：「我們真的不需要走到這一步，我一直……有留個地方給你啊。」

呂偉道長知道自己已經輸了，慘然一笑淡淡地說：「義無反顧。」

這一句話，讓劉易經愣了一下，不過旋即舉起了手，準備給呂偉道長致命的一擊。

手才剛舉起來，就被一個撲上來的人影給抱住，那人不是別人，正是頑固老高。

眼看自己的師父被壓制住，阿吉這邊也不再猶豫，阿吉將戲偶的頭一扭，頑固老高手上的刀子也同時刺入了劉易經的胸口。

劉易經痛苦地叫了出來，用力一甩甩開了頑固老高之後，整個人跪地抱胸哀號著。

也算是死裡逃生的呂偉道長，狼狽地從地上爬起來，從懷中拿出一道符，並且在口中唸了唸咒文之後，咬破了手指，在符上一畫，並且拿出本來就準備好要用來對付劉易經的鍾馗令旗，穿過符咒之後向前一擲。

令旗剛擲出，一陣煙霧立刻散了開來，煙霧之中閃出一個接著一個的白影，全部撲向劉易經。

這些被召來的天兵天將，一人對劉易經用上一招，打得劉易經整個人幾乎屍骨無存，只剩下一點點零碎的殘骸在地上證明他曾經存在。

在三人的協力之下，總算是消滅了劉易經。

經歷了「易經之禍」的南派，第一個要面對的問題，當然就是門派的存續問題。

絕大部分的弟子都在這場禍事中喪命，原本就已經風雨飄搖的南派，根本不可能再承受得起這樣的風暴。

因此在道士大會上，其他兩派認為南派應該就此滅亡，畢竟「易經之禍」傷害所及的範圍，不單單只有南派，就連東派與西派都有人因為這樣喪命，加上這場災難也算是嚴重打擊了鍾馗派的名聲，因此有這樣的聲浪也不算意外。

但是呂偉道長卻在背後支持著南派，力排眾議主張要讓南派存續下來，最後終於獲得另外兩派的認同，同意讓南派保留他們一息尚存的血脈。

除此之外，當初就是為了有一天可以墮入魔道，因此劉易經取代師父所傳授下來的口訣，多半以偽誤居多，主要就是為了防止這些弟子，有一天不支持他、反目成仇，所設下的局。

即便身為師弟的頑固老高，也是從劉易經口中學到口訣居多，因此即便南派要存續下去，也有口訣的問題要解決。

當然這就是後來「北訣南傳」的始末。

呂偉道長不但接受所謂的「留學生」阿畢，更讓高梓蓉搬到么洞八廟之中，讓陳伯就近為她治療一般醫院沒有辦法處理的傷勢。

這場幾乎可以說是動搖了全鍾馗派上下的「易經之禍」，一切的起源都是從那具在頑固廟裡面被弟子發現的屍殼開始。

而如今，在過了這麼多年之後，屍殼又再次出現，只是這一次，呂偉道長已經不在人世了。

阿吉看著這張呂偉道長與劉易經兩人唯一的合照，照片裡面的兩人都笑得燦爛，但是誰會想像到，五年之後，兩人竟然會針鋒相對，正邪不兩立，拚到你死我活的地步。

當頑固老高哭喪著臉，來到么洞八廟，將自己宛如師父般的師兄劉易經的所作所為一一告訴呂偉道長的時候，阿吉永遠記得浮現在自己師父臉上的沉重表情。

日後阿吉曾聽呂偉道長說過，劉易經並不是一開始就選擇走上錯誤的路，雖然事後從很多跡象都可以發現，劉易經早在他的尊師仙逝之後，就開始布局，不過呂偉道長還是相信，這是最後劉易經所做的一個「決定」。

「這是一個選擇，」呂偉道長當時一臉沉重地對阿吉說：「而他做出了錯誤的選擇。」

阿吉非常了解自己的師父呂偉道長，雖然這一路下來二十多年，阿吉與呂偉道長之間確實也有過些許摩擦，並且在許多地方的看法都有點不同。可是對於這種修行人士用自己的所學來為非作歹，可以說是呂偉道長最厭惡的一件事情。

當年兩人在道上也揭發了許多神棍或騙子，雖然因此得罪了不少人，但是呂偉道長仍然堅持這樣的道路。

「就是因為有這些神棍，才會讓社會大眾跟我們越來越遠。」這是呂偉道長常掛在嘴邊的一句話。

但是當聽到頑固老高說出關於自己師兄劉易經墮入魔道的事情，呂偉道長臉上卻浮現出痛苦的表情。

那是一種深刻的、沉重的痛。

不知道為什麼，此刻的阿吉，突然感覺自己可以體會到師父當時的那種痛。

「你這個笨蛋。」一個女子的聲音冷不防地從阿吉身後傳來：「為什麼還留有那個爛人的照片？」

阿吉回過頭，剛剛還活靈活現在回憶之中的小姑娘，此刻正站在自己的身後。

只是此刻的高梓蓉，已經不再是當年那個未成年的小姑娘，而是一個亭亭玉立的大姑娘了。

這個大姑娘此刻正挑著眉，將手盤於胸前，用一臉責備的表情凝視著阿吉。

當然，阿吉非常清楚，高梓蓉會出現在自己背後的原因。

4

深夜的呂偉道長紀念館後面，倉庫的小房間裡，當年一起經歷易經之亂的人，兩個在照片裡面，另外兩個則在照片外，只差一個頑固老高，他正在為了遺失的鍾馗符傘而焦頭爛額。

「你傻了嗎？」高梓蓉側著頭說：「那個爛人的照片，你們還留著它幹嘛？」

「這樣說他好嗎？」阿吉闔上相簿淡淡地說：「再怎麼說，他也是妳師伯。」

「哇哇哇，」高梓蓉瞪大雙眼叫道：「阿吉你腦袋敲到了嗎？再怎麼說那也只是『曾經』好嗎？『曾、經』是我的師伯！他早就被我們鍾馗派永遠逐出師門了，這種人啊，不配當鍾馗派的道士，不，連人都不配當。根本就是個徹徹底底的爛人。」

「選擇，」阿吉搖搖頭說：「他所做的只是一種選擇而已。」

「是啊，」高梓蓉一臉不以為然地說：「選擇做一個爛人，這就是他的選擇。」

阿吉苦笑地搔著頭，並且把相簿重新收回箱子裡面。

「妳千里迢迢從台南上來，」阿吉轉過來對高梓蓉說：「不會就是為了跟我討論那個『曾經』是妳師伯的人到底是不是個爛人吧？」

「當然不是，」高梓蓉挑眉說：「你這個笨蛋，你到底知不知道事情有多嚴重啊？」

「什麼事情多嚴重啊？」阿吉一臉不解。

「少跟我裝蒜，」高梓蓉白了阿吉一眼說：「你這死傢伙有多少心機，你以為騙得了我嗎？你非常清楚我在說什麼。」

「我清楚妳在說什麼，」阿吉搖著頭說：「但是我不知道妳這樣跑上來到底要幹嘛。」

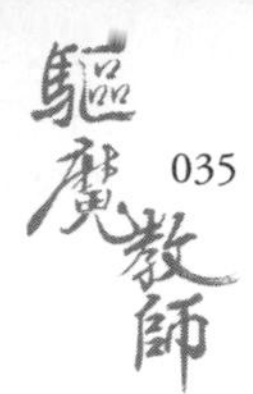

「要你跟我討論啊！」高梓蓉一臉理所當然地說：「你打算怎麼做，不用跟我討論一下嗎？」

「討論什麼啊？」

「討論要不要公開啊！」

「你以為我師父昨天去世的嗎？」阿吉無奈地說：「這件事情我早就已經處理好了。」

「你處理好了？」高梓蓉瞪大眼說：「怎麼處理？不公開？然後繼續裝死？這算哪門子處理？先不說別的，我問你，你到底知不知道這件事情是件大事？」

「當然知道。」阿吉沒好氣地回答：「不過關於這件事情，我已經答應過我師父了。」

「答應過什麼？」

「……現在還不是說的時候。」阿吉搖搖頭說：「我現在真的不想跟妳討論這件事情。」

「你——」高梓蓉氣到都不知道該說什麼了。

不過阿吉這邊，也有自己不得不的堅持，因此也只能淡然地面對高梓蓉的怒火。眼看阿吉不願意讓步，一時之間高梓蓉似乎也沒辦法改變阿吉的想法，因此也只能慢慢冷靜下來。

「你不會不知道……」高梓蓉低著頭說：「道上一直有傳言，說你師父有改良過口訣吧？」

阿吉點點頭，畢竟這樣的傳聞，早在自己的師父呂偉道長還沒有往生之前，就已經四處傳開來了，這點不要說阿吉了，就連呂偉道長自己可能都聽過類似的傳言。

雖然呂偉道長一度對外否認這樣的傳聞，但這件事還是傳得沸沸揚揚，即便在呂偉道長死後多年，也沒有停歇過。

「然後當年我爸力排眾議，」高梓蓉繼續說：「希望你能直接接任你師父的位置，你死不肯！一定要去當老師？現在如果被其他人知道你一直都有你師父改良過的口訣，人家會怎麼想？」

阿吉抿著嘴沒有回應。

「你……」高梓蓉沉著臉說：「該不會打從一開始就打算獨吞口訣吧？」

「什麼獨吞口訣，」阿吉白了高梓蓉一眼說：「很難聽耶。」

「不然咧？」高梓蓉攤開手說：「你現在的行為，不就是為了獨吞口訣？」

「在妳的心中，」阿吉無奈地搖搖頭說：「我是這樣的人嗎？」

「很難說喔，」高梓蓉揚著臉，似笑非笑地說：「畢竟你看看，你班上的學生不是一個接著一個撞到不好的東西？如果這點也被別人知道，加上你又有新口訣，先不要說我怎麼想啦，你自己想想其他人知道的話，會怎麼說你？」

高梓蓉這麼說，當然是帶著一點揶揄的意味，料想阿吉應該會笑罵著自己來回應，不然至少也會正色否認，接著高梓蓉再說些什麼比較和緩一點的話，這是兩人長久以來的相處之道，當然也是此刻高梓蓉內心想像的對話景象。

想不到阿吉竟然低下頭，凝視著高梓蓉說：「如果我告訴妳，陳伯被殺之前，也就是上次的那個案件中，陳伯找到的那一具被當成養屍工具的屍體，是一具中空的屍殼呢？」

聽到阿吉這麼說，高梓蓉臉上瞬間一僵，惡狠狠地瞪著阿吉說：「不好笑，非常不好笑。即便是阿吉你……這笑話也非常低級。」

阿吉側著頭聳了聳肩，不打算多做解釋。

信任感這種東西，一直都不是用嘴巴說說就可以得到的，因此就算阿吉現在辯解再多，如果高梓蓉本身對阿吉就沒有一定程度的信任感，是沒有辦法完全消除高梓蓉的懷疑，反之亦然。

至少，到目前為止，高梓蓉還算信任阿吉。

而且就邏輯來說，如果真的是阿吉搞的鬼，他根本不會把這些事情老老實實地告訴她才對。

可是看到阿吉那種完全不想解釋的態度，還是讓高梓蓉有種想要掐死他的心情。

「這樣的行為，」高梓蓉瞪著阿吉說：「一點也不像你。」

「沒錯，」阿吉無奈地點了點頭說：「我已經說了，這是我跟我師父共同的決定，不是我一個人做主。」

「……屍殼的事情，」高梓蓉皺著眉頭說：「是真的嗎？」

阿吉點了點頭。

「然後你還是不想跟我說整件事情到底是怎麼回事？」

「能說的，」阿吉淡淡地說：「我都會跟妳說，不能說的，也只是因為時間還不到而已，等時候到了，我會告訴妳的。」

兩人也已經相處了好多年，對彼此的了解當然不在話下，既然阿吉這麼說了，高梓蓉非常清楚不管自己怎麼逼問，都很難讓阿吉說出那些不能說的話，尤其那些話又是跟呂偉道長約定好的，就算高梓蓉對阿吉嚴刑拷打，可能都沒辦法讓他開口。

雖然能夠理解，但是這還是讓高梓蓉氣到想找個人來出氣。

「……厚！」高梓蓉跺著腳說：「有時候真的會被你們師徒倆給氣死。」

「干我師父什麼事啊？」阿吉不解。

「你們兩個個性真的太像了。」高梓蓉瞇著眼說。

「這話如果被我師父聽到，」阿吉笑著說：「他會暈倒。」

「會嗎？」高梓蓉白了阿吉一眼說：「我倒不這麼覺得，你們兩個跟我爸比，有時候我都不知道誰比較固執。」

「妳是在說笑嗎？」阿吉搖搖頭說：「令尊頑固老高可不是浪得虛名啊。」

「是嗎？」高梓蓉不以為然地說：「常說義無反顧的人，在我看來也是頑固得很。」

對於這點，阿吉實在沒辦法辯解，畢竟「義無反顧」這句話，的確可以說是呂偉道長的口頭禪了。

「說認真的，在我看來，」高梓蓉板著一張臉說：「你只有兩條路可以走。一是交出口訣，讓鍾馗派所有人都知道，將你師父的口訣流傳出去。」

阿吉抿著嘴，沒有任何回應。

「二是……」高梓蓉凝視著阿吉說：「帶著那個口訣進墳墓，永遠不要提起，甚至連道士也不要當了。」

「我不是道士啊。」阿吉攤著手說。

「是啦、是啦！」高梓蓉不耐煩地說：「誤人子弟的老師啦！既然不是道士，就不應該跑到南部去刁難我爸。我說的不是只有指道士這個身分，而是永遠沒有任何類似道士會做的動作。」

「那不一樣啊，」阿吉無奈地搖搖頭說：「那是為了我的學生啊。」

「不管！」高梓蓉皺著眉頭鐵青著臉說：「你還搞不清楚事情的嚴重性是不是？如果

你不打算公布，那你就得跟我保證，這一輩子都絕對不會再用到那個口訣。就算是你的學生也一樣，就算是你師父老是掛在嘴邊的『義無反顧』也一樣。」

「這個我做不到。」阿吉搖搖頭說：「尤其是在這樣的情況之下。」

聽到阿吉仍然這樣固執，高梓蓉非常清楚多說無益，可是現階段來說，真的不管是阿吉還是高梓蓉，都無法改變眼前的現況。

如果撇除掉這些，高梓蓉現在只想告訴阿吉：「我不想看你死。」

可是脾氣一向倔強的她，真正說出口的卻是：「你自己想清楚吧！笨蛋阿吉！」

高梓蓉說出這句口是心非的話之後，轉身朝大門走去，臨走前高梓蓉停下腳步。

「我希望，」高梓蓉背對著阿吉說：「你不會像我曾經的師伯一樣，做出錯誤的選擇。」

高梓蓉揚長而去，留下阿吉一個人，在這個充滿回憶的空間裡面苦笑搖頭。

對阿吉來說，他非常清楚高梓蓉的意思，更諷刺的是，如果這件事情是阿吉自己說了算，情況也絕對不會是現在這樣。

不過，現在的情況就是這樣，這件事情不是阿吉可以決定的，人生有時候不是每一步都能夠那麼簡單就可以邁開步伐隨心所欲的走。

阿吉想起了，當年師父曾經跟自己說過的話。

「聽清楚啦，七星步最重要的就是方位，就跟人生一樣，每一步都必須要準確、謹慎，踏錯一步，就算你立刻縮腳也沒用啦。」

正因為這樣的關係，每個鍾馗派的弟子，有很長的一段時間，都需要一天三練七星步，非得練習到連在夢中踏七星步都不會有絲毫出錯的地步，才可以算是大功告成。即便是上了年紀的老道長，一旦久沒踏，還是得練習一下。

可是，七星步可以練，人生的步伐卻沒得練，七星步踏錯，不見得會出人命，可是人生的腳步一旦踏錯，往往會一輩子受苦。

只是高梓蓉不知道的是，這一步卻不是阿吉自己要踏的。

「宿命，你懂嗎？」

呂偉道長臨終前的話，又再度在阿吉的腦中響起。

「從見到你的那一刻，」當時呂偉道長看著天花板，一臉回憶地說道：「我就知道，這是你我的宿命。」

這宿命的一步，就像當年送肉粽事件一樣，是呂偉道長在後面牽著自己，兩個人一起踏出去的。

「不管結果如何，」呂偉道長曾經這麼對阿吉說：「這一步都是我們師徒共同承擔，這就是我們的宿命。」

十年之約……已經過了一半，還有五年。

第2章・怨

1

視線……

這種原本就不應該存在的東西，既不會有觸覺也沒有實際溫度，更不應該是一種可以感受得到的實質物品，但是，卻是人人都可以感覺得到的。

以科學的角度來說，可以感受到別人的視線，多半都是因為眼角的餘光或者是自己心理因素作祟，或許也可以用第六感來解釋吧。

不過不管怎麼解釋，對每個感覺到來自背後的眼光的人來說，沒有半點幫助。

黃春羽再一次回過頭去，這已經是這幾個禮拜以來不知道第幾次了。

不論是走在熟悉的街道上，滿滿的人群中，還是寧靜的課堂內，黃春羽總是會三不五時感覺到背後有不懷好意的視線，正凝視著自己。

然而，每當黃春羽回過頭去，卻總是什麼都沒有看到。

想要忽視這樣的感覺，那視線感就越來越強烈，一定要等到自己回過頭去確定一切都正常之後，這樣的感覺才會「暫時」退去。

退去一段時間，等到黃春羽幾乎都快要忘記了的時候，那感覺才會再度襲上心頭。

雖然說每次都彷彿只是自己的心理作用，不過這樣的感覺真的已經快要把黃春羽逼瘋了。

不，應該說如果不是黃春羽的話，換作其他人可能早就已經瘋了。

畢竟黃春羽可是普二甲公認的樂天派，不管發生多麼糟糕的事情，都可以一笑置之的開心果。

如果換作是其他人，這樣的情況只要持續個三天，就可以把人逼瘋了。

平常也就算了，問題就在於連在浴室洗澡上廁所，或者是躺在床上睡覺，這樣的感覺還是三不五時會襲上心頭，真的只能用坐立難安來形容。

不過，不管多麼樂天的人，這樣的情況持續的時間一長，也會開始有所改變。

這樣的感覺不斷襲來的結果，讓黃春羽總是心不在焉，也導致她發生了許多意外，形成一處又一處的傷口與瘀青。

當然有一度，黃春羽也覺得自己是不是精神有病，為什麼會這樣無緣無故就一直感受到來自於身後的視線，可是她從來不把這種事情當作一回事，所以總是想過就算了。

只是最近一個禮拜，這種感覺越來越頻繁，而且還有越來越接近的趨勢，甚至有幾次，黃春羽猛然感覺到那種被人注視的感覺，而那個注視著自己的對象，感覺就站在自己的身後。

雖然依照這幾個禮拜的經驗來看，她幾乎可以確定自己回過頭什麼都不會看見，但是要回頭卻讓黃春羽著實猶豫了一會。

猛一回頭，果然還是跟過去一樣，什麼都沒有。

甩一甩頭，黃春羽回過頭來繼續朝著學校而去，只是連她自己都非常清楚，如果再這樣下去的話，她遲早有一天會瘋掉。

好不容易走到了校門前，那種視線感又再度襲來，黃春羽習慣性地回過頭，結果腳步一個沒站穩，整個人一踉蹌，膝蓋就這樣擦到地板，留下一片傷痕。

也因為這樣的一個動作，讓其他路人不免看向了黃春羽，才剛消失不久的視線感，又再度浮現在黃春羽的心頭。

只是這一次的視線感，跟這幾週以來一直纏著自己的感覺很不一樣，對於路人的視線，除了不好意思之外，黃春羽並沒有從中感覺到不安。

黃春羽趕緊站起來，快步逃進校門中。

類似這樣的情況，這幾個禮拜反覆發生，真的已經快要讓黃春羽崩潰了，身上的傷痕也越來越多。

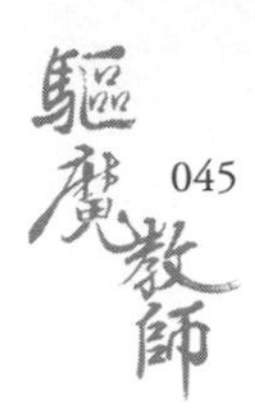

尤其是這種視線感，並不會只存在於某個特定的時間，有時候甚至連黃春羽在跟同學講話，都會突然浮現這樣的感覺。

即便是在安靜的課堂上，本來就坐在最後一排的黃春羽，也常常會感覺到那不應該從後面傳過來的視線。

不過比起自己一個人在廁所或浴室這種會讓人感覺到尷尬的地方，教室裡面的視線還算可以忍受。

經過了上午的課程之後，下午第一堂課是體育課，黃春羽整個上午大概感覺到將近十次的視線感。

今天的體育課是排球，黃春羽雖然沒有特別討厭體育課，但是也沒有特別喜歡就是了。

至於排球，早在國中的時候，就已經上過了，因此就算體育老師說學期末要考排球，黃春羽也沒有特別想要練習的心情，就這樣跟幾個比較好的同學，在操場的一個角落，有一下沒一下地打著，然後，那種感覺又再度襲來。

只是這一次不同的是，黃春羽感覺那視線的主人，幾乎已經是貼在自己身後，只要伸手就可以碰到她的程度。

這讓黃春羽嚇了一跳，心跳也跟著漏了好幾拍，猛一回頭，雖然沒有看到任何人影，但是，黃春羽確實看到了些「什麼」。

彷彿夏天熱度飆高的柏油路面所飄起的煙氣一樣，眼前空無一物，視線卻微微地扭曲著，從扭曲的輪廓看起來，就好像真的有一個人站在那裡一樣。

這到底是什麼？

「小心！」背後的同學突然這麼叫道。

但是黃春羽仍然瞪大著雙眼，看著自己身後這什麼都沒有的空間，那模糊的人影並沒有消失，反而是靜靜地伸出手，朝黃春羽這邊而來。

在那看起來扭曲的人形伸出手，碰觸到黃春羽的同時，後腦突然一振，黃春羽整個人向前一倒，就這樣失去了意識。

即便在向前倒，失去意識的過程之中，黃春羽的腦海裡面，仍然存在著那團看不見的人形。

那到底是什麼？

就是那個東西一直跟著我的嗎？

然而這些問題就像黃春羽的意識一樣，陷入一片混沌之中，沒有半點答案。

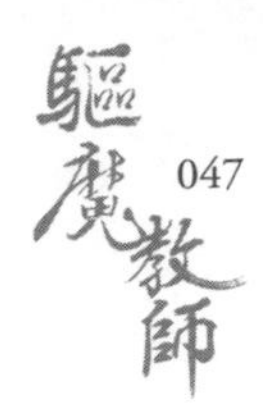

2

雖然不是什麼值得大驚小怪的事情，畢竟對一個女子學校來說，體育課有同學因為身體不適而需要休息，甚至是像這樣暈過去，通常都只要休息一下就會好了。

但是對於現在有任何一點事情就會緊張起來的曉潔來說，至少目前還沒辦法讓她感覺到完全放鬆。

因此在送黃春羽到保健室的同時，曉潔還是請了同學去將這件事情告訴洪老師。

早在黃春羽被球打到之前，曉潔就剛好看著她了，因為黃春羽近來身上不斷出現大小傷勢，被曉潔列入了觀察名單之中，體育課的時候，分在另外一組的曉潔，剛好有了空檔，所以就朝黃春羽那邊看過去，也親眼看到了黃春羽在跟別人練球的時候，不知道為什麼突然轉身看著後面，就是因為這樣的閃神，才會被球打到。

這讓曉潔非常介意，因為就在黃春羽轉身之前，曉潔非常清楚地看到浮現在她臉上的那股不安的神情。

這樣不安的神情，曉潔在過去的這個學期之中，一點也不陌生，同樣的神情也曾經浮現在芯怡的臉上。

正因為這樣不安的表情，讓曉潔決定還是將這件事情告訴阿吉。

「沒事，」檢查過後的校護小姐這麼告訴曉潔：「應該只是精神不濟，加上今天氣溫比較高，所以有點中暑吧，先休息一下，如果還有什麼情況，我再看看。」

聽到校護小姐這麼說，雖然讓曉潔鬆了一口氣，但是如果要真的安心，恐怕還是要先讓阿吉看過之後才能確定。

因此即便校護小姐這麼說，曉潔仍然待在保健室裡面，等待著洪老師的到來。

過沒多久之後，果然看到了洪老師趕忙來到了保健室。

「應該是太勞累了，」校護小姐這樣對著洪老師笑著說：「洪老師你會不會給學生太多壓力了？應該是靜養一下就會好了。」

在學校的阿吉，就是一副洪老師的模樣，對校護小姐說的話唯唯諾諾，就好像做錯事情的小孩一樣。每每看到阿吉這種裝死的模樣，都讓曉潔有種想翻白眼的感覺，不過礙於此刻還有別的人在，曉潔也只能把這樣的心情往肚子裡吞。

洪老師裝作一副很緊張的模樣，朝黃春羽過去，然後看了看黃春羽的狀態。

正好另外有一個同學跑了進來，跟校護小姐講話。

就在這時候，曉潔看到了洪老師那邊有了動作，只見洪老師不知道從口袋裡面掏出了什麼，並且將它放在黃春羽的頭上摩擦。

曉潔非常清楚，這肯定又是阿吉他不知道在測試什麼東西吧？因此曉潔也緊緊盯著洪老師的臉。

只見洪老師摩擦了一會之後，看了看自己手上的東西，臉上的表情瞬間驟變。

曉潔非常清楚這代表什麼意義。

果然……又來了？

剛剛進來的同學這時跟校護小姐的對話也告一段落，校護小姐點了點頭，轉過來對洪老師說：「不好意思，洪老師，我要先出去一下，就像我說的，先讓那位同學休息一下就可以了，我等等會回來查看她的狀況。」

校護小姐說完之後，拿起了包包，跟那同學一起離開了保健室。

眼看校護小姐離開，曉潔立刻靠到洪老師身邊問道：「是不是……」

洪老師先是看了看四周，確定沒人之後，然後緩緩地點了點頭。

「為什麼？」曉潔搖著頭說：「都已經這樣平靜地過完兩個月了，為什麼還要這樣？」

「不，」洪老師緩緩地搖著頭說：「在十二種靈體之中，有兩種比較特別，需要的時間比較長，其中一個是怨，另外一個是狂。這兩種靈體跟其他靈體不一樣，從招惹靈體到實際上產生效果的時間，比起其他十種靈體來說，都來得要長，所以她可能不是最近這幾天才染上的，說不定她比林芯怡她們都還要早遇到。」

「所以春羽她的是……」

「……怨。」

洪老師這麼說的同時，將手中黃色的東西丟向曉潔。

曉潔用手接住，那感覺就好像接住了一塊磚頭一樣重，定睛一看，手上的哪是什麼磚頭，而是大家常常看到拿來祭拜時常用的紙蓮花。

曉潔完全沒有辦法接受自己雙眼所看到的景象，畢竟這不合邏輯，紙蓮花不管怎樣都不應該那麼重，就算裡面包了磚頭，紙蓮花肯定也會承受不住磚頭的重量，被磚頭的重量給弄破才對，可是曉潔用手去捏了捏手上的紙蓮花，材質卻是跟一般的紙蓮花一樣，因此才會有種詭異的感覺，就好像眼前的紙蓮花並不是真的一樣。

「那就是怨的重量，」洪老師低著頭說：「在習俗上，紙蓮花是用來燒給往生者的，送他們往西方極樂的一種祭品。但是怨靈基本上都是對人世間有太嚴重的怨恨，所以紙蓮花負荷不起那樣的重量，他們自然就沒有辦法乘坐蓮花前往西方極樂。這就是我們鍾馗派所謂的『紙蓮探怨』。被怨靈纏身的對象，身上也會沾染到怨氣，因此只要用紙蓮花在天靈穴的地方壓一下，紙蓮花就會吸收她的怨氣，呈現出怨靈的重量。」

曉潔仍然一臉訝異地看著自己手上的紙蓮花。

「當然，」洪老師接著說：「紙蓮越重，怨氣也越重。」

聽到洪老師這麼說，曉潔不免皺起了眉頭，因為手上的紙蓮花，真的跟磚頭一樣重，

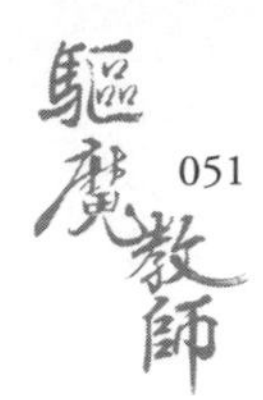

這也代表了，那個纏上黃春羽的怨靈，怨氣絕對不輕。雖然曉潔從來不曾經歷過這種情況，也因此根本沒有可供比較的範本，不過再怎麼說，能讓紙蓮花變得跟磚頭一樣重，那樣的怨氣絕對不能叫輕。

「所以春羽確定是遇上了怨？」

洪老師點了點頭。

曉潔想起了當時阿吉跟她說過的靈的分類與種類，低階的有縛、魅、屍、惑，中階的有饑、怨、狂、喪，然後是高階的凶、煞、滅、逆。

怨屬於中階，雖然中階裡面的狂，曉潔還沒有機會遇到，但是對於饑，曉潔卻一點也不陌生。

「怨乃不散之氣也，積怨氣而為靈，是為怨。」洪老師解釋道：「在我們鍾馗派的口訣之中，你們口中俗稱的怨靈，其實大多都是我們所謂的凶。而真正的積怨成靈，多半都是對人居多。」

曉潔看著洪老師，還是沒有辦法適應這些話不是從阿吉而是從洪老師的口中說出來。

「跟屍與喪一樣，」洪老師接著說：「屍喪本同源，凶怨本共生。積怨成靈，累靈成凶。凶與怨，只是程度與傷害力有著層次上的不同，但是實際上，雙方形成的原理其實差不多。簡單來說，怨比較像是慢性病，不會讓你立刻斃命，但是會害得你越來越慘，而且一直糾纏著你；而凶呢，則是急性症狀，一下子就會危及到你的生命。相對的，凶只要用對方法，就可以藥到病除，但是怨的解決就比較麻煩，有時候還得找到源頭，因為不找到源頭，直接對付怨靈，滅靈氣散，看起來像是暫時解決了，但是久了氣還是會集合起來，繼續危害目標。」

洪老師說到這裡稍稍停了一會，看了看外面確定沒有其他人進來之後，才繼續接著說。

「其實說穿了，」洪老師說：「妳以前聽過的鬼故事，像是什麼人殺死了一個人，然後死者化成了厲鬼回來復仇。這些基本上就是怨的原形，從某個角度來說，應該就是你們最熟悉的靈體。」

「所以，」曉潔皺著眉頭問：「可以輕鬆解決嗎？」

「那就要看妳所謂的輕鬆解決是什麼意思了。」洪老師緩緩地搖了搖頭說：「怨靈可以算是所有的靈體之中，最常見的靈體之一，主要的原因，就是因為形成的方法與原因很多，但也因此解決的方法比較多變一點。從怨的口訣字數，是所有靈體中最多的這一點可見一斑。如果妳說的輕鬆，是指解決時候所需要面對的風險，那麼怨靈的危險度比起其他沒有那麼高。可是如果是指很容易就知道該怎麼解決的話，怨可能是最棘手的也說不定。」

「所以現在我們該怎麼做？」曉潔問：「總不會就這樣放著她不管吧？」

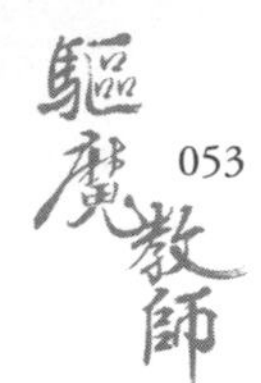

「當然不會，」洪老師低著頭說：「想要解決怨的話，方法可以分成兩種，一種是怨之源頭，一種是怨之場所。源頭可以治標，場所可以治本。如果今天不治標，那麼怨可以直接影響到黃春羽，反而會有一種遠水救不了近火的感覺。如果今天不治本，那麼就算我們幫黃春羽化解了這一次的危機，時間久了氣再度聚集，又會有新的怨產生。怨的這方面就好像文藝小說裡面說的，此恨綿綿無絕期。過去不乏有那種被同一個怨纏身，中間好幾度找過法師化解了幾次死劫，卻始終無法徹底擺脫的案例，就這樣被纏一輩子。總之，不消除源頭，就絕對沒辦法從這裡面脫身。」

「那該如何找到源頭？」

「源頭的話不算太難。」洪老師說：「這種怨的源頭，多半都跟黃春羽有關，就好像發生了一起凶殺案，警方第一個會問的都是有沒有與人結怨一樣。這些多半都是跟隨著黃春羽本身的，不過有一個地方比較不同的是，這種怨不見得本身跟黃春羽的所作所為有關。我跟我師父就曾經接觸過一個案例，也是跟黃春羽差不多年紀的女孩，被怨靈纏身，結果最後發現是那女孩的父親，在外面有個小三，之所以會怨恨到她身上，就是因為那女孩的父親最後是用她當作藉口，跟那個小三一刀兩斷的關係。」

「這個小三也太超過了吧？」

「怨其實說穿了，」洪老師說：「就是人的不平，在死前存有那口氣在，死後就有可能化氣為靈，當然不是所有含怨而亡的人，都會成為怨，不過這不在我們討論的範圍。現在最重要的，還是要先幫黃春羽化解掉這次的危機再說。因為如果她這一次的暈倒，真的是怨靈所為，那麼她很可能已經受到了怨靈的影響，再不處理的話，可能會有生命危險。」

「所以……」曉潔低著頭說：「我們現在必須朝怨的場所著手？」

「嗯，這應該算是燃眉之急，」洪老師點了點頭說：「怨跟惑有一個地方比較類似，因為是跟著人的，不分白天還是晚上，怨不離於千尺外，惑必據於百丈內。但是怨靈懼光，光可散氣，因此白天是解決怨靈最好的時機。不過因為怨是跟著人的，所以一旦人動、靈也會跟著改變場所。不過這點對黃春羽來說，說不定是最有利的。」

「因為我們要上課？」曉潔領悟地說著。

「沒錯，」洪老師點著頭說：「只要趁著黃春羽在上課的時間，我應該可以順利找到怨的場所，幫她化解這一次的危機，可是，源頭的話，可能需要靠妳去打聽一下，看看他們家最近有沒有發生什麼事情，或者有沒有與人結怨等等。」

窗外這時出現校護小姐的身影，洪老師立刻轉過身對曉潔說：「先這樣，妳先回去，探到了什麼再來跟我說。」

曉潔也看到了窗外校護小姐的身影，立刻會意過來，轉身離開保健室的時候，曉潔還跟校護小姐點頭示意。

洪老師這邊跟校護小姐聊了幾句關於黃春羽的狀態之後，也跟著離開了保健室。當然，情況的確就如洪老師所說的那樣，只是洪老師沒有說的是，在這段風平浪靜的時間裡面，他就已經想到了，對方會不會是朝這兩個比較不容易發現的靈體來當作下一次的目標，因此隨時都有攜帶著可以測出這兩種靈體的法器。

只是礙於自己的身分，加上學校的狀況，阿吉根本不可能直接讓全班進行測驗。因此這兩個法器也只有一直收在辦公室的抽屜裡，直到剛剛有學生跑來說，黃春羽在體育課的時候被球打到，而且是曉潔特別要她來通知自己的時候，洪老師才因為不好的預感，帶了紙蓮花過來。

看到了黃春羽測試的結果，阿吉真的可以說是一則以喜，一則以憂。喜的當然是阿吉在心中鬆了一口氣，因為他最不希望碰上的，是最棘手的狂。憂的則是對方果然沒有罷手，還是繼續對他的學生下手。

不過不管怎樣，結果已經擺在眼前。

「如果這一次真的只是怨的話，」阿吉的內心這麼想著，「那麼我們應該還算安全，這個應該不會太難解決才對。如果真的只是怨的話……」

3

楊毓蘭回過神來，赫然發現自己在美術教室裡面。

自己為什麼會在這裡？

一時之間，楊毓蘭只覺得腦袋一片混亂，對於自己為什麼此時此刻會在美術教室裡面一無所知。

不過只用了很短的時間，楊毓蘭就大概知道怎麼回事了。

看著眼前滿目瘡痍的美術教室，楊毓蘭深深感覺自己的情況真的是越來越嚴重了。

美術教室裡面原本擺著很多學生的作品與一些石膏雕像，現在幾乎都被人惡意損毀了。

這些全部都是……我做的嗎？

就在楊毓蘭這麼想的同時，腦海裡面立刻浮現出自己拿著美工刀進行破壞的模樣。

就好像一個喝醉酒的人一樣，楊毓蘭腦海裡面清楚地浮現出自己做出這一切的畫面，但是在那當下，她卻完全沒辦法控制，甚至可以說意識反而像是一個旁觀者一樣，任憑自己的一股情緒，操作著自己的身子在行動。

更糟糕的是，這對楊毓蘭來說並不算是新鮮事了。

最近這幾個禮拜，類似的事情層出不窮，這已經不是第一次了，而且症狀有越來越嚴重的趨勢。

一開始只是發現自己會無意之間突然發起呆來，等到回過神的時候，已經過了好一段時間。

接下來就是莫名的情緒開始浮現，自己也開始有了一些粗暴的舉動，像是前幾天，她就曾經寫作業寫到一半，突然抓狂將自己好不容易寫好的作業全部撕毀。

只是過去大部分的時間，這些症狀都是在家裡面發生，不曾像這樣在大白天的時候在學校發生。

楊毓蘭很擔心自己的狀況，懷疑她是不是得了什麼怪病，也曾經上網查過，關於躁鬱症之類的精神疾病，但是卻沒有任何類似的案例。

楊毓蘭感到恐懼，自己內心的情緒感覺就好像一顆不定時的炸彈一樣，隨時都有可能爆發。

她不知道自己怎麼了，為什麼這陣子會有這樣的情緒起伏，這完全不合理，但卻是千真萬確的事實。

自己到底怎麼了？

每每發生這樣的情況，楊毓蘭都會這樣問自己，但是卻從來沒有一次得到過答案。

楊毓蘭愣愣地站在原地，看著滿目瘡痍的美術教室，卻不知道該怎麼辦才好。

手上傳來的陣痛，讓她不得不面對現實，低頭看了看自己的手，手上還留有被美工刀劃傷的痕跡，可見自己在動手的時候，情緒有多麼的激動。

可是她卻不知道為什麼，不是說她不了解自己剛剛的情緒有多憤怒，而是不明白那樣的情緒到底從哪裡來，現在又到哪裡去了。

來的時候，楊毓蘭整個人就好像被人操縱一樣，甚至連感覺都彷彿被人蓋住了，永遠都只有在記憶中，才能夠回想起剛剛所做過的事情，當下的她卻沒有半點自我意識可以試圖去控制情緒。

可是當回過神來的時候，楊毓蘭卻完全感受不到不久前的當時，填滿胸口的那股強烈情緒，取而代之的，只有疑惑與恐懼，就好像現在一樣。

楊毓蘭先是不解眼前的一切，然後透過回憶了解之後產生了恐懼，接著想到這裡是學校的美術教室之後，再由恐懼產生出了恐慌。

不行！我不能讓其他人知道！這不是我做的！

楊毓蘭立刻轉身逃出美術教室，現在還是上課時間，她不應該在這裡，而是應該跟其他同學一樣，待在教室裡面上課。

楊毓蘭唯一覺得慶幸的是，此刻因為是上課時間，所以沒什麼師生在走廊上走動，加上美術教室比較偏僻，平常只有美術社的同學會來，來的時間也多半都是在放學後，因此楊毓蘭只要穿過走廊前面的保健室，小心不要被其他同學看到，然後轉上樓梯，就可以一路安全地抵達自己的教室了。

至於為什麼會遲到，自己跑到那裡，隨便掰個拉肚子的理由就好，雖然不免受到一陣責罵，但是至少不會有什麼太嚴重的問題才對。

照著心中的計劃，楊毓蘭在確定走廊上沒有人之後，快步朝著保健室走去，只要穿過保健室……

就在楊毓蘭這麼想的時候，腦海裡面突然浮現出一個奇怪的影像，那是不久前在體育課時，一個同學被球打到的景象。

糟糕！不會那麼倒楣吧！

就在彎過保健室轉角，經過保健室的同時，楊毓蘭想到了上一堂課的時候，有同學因為被球打到，被送到保健室的事情，所以理論上現在那個同學應該還在保健室裡面休息，換句話說，如果運氣不好的話，很有機會被別人撞見。

這條走廊之後就只有美術教室，在這個地方被撞見的話，到時候肯定會被人發現自己在美術教室搞的破壞。

可是，腦海裡面閃過這些的時候，楊毓蘭也已經轉過轉角，來到了保健室的門口，而偏偏就在這個時候，一個同學從保健室走了出來，楊毓蘭一眼就認出了那個人，那不是別人，正是自己班上的班長葉曉潔。

不過這時轉身已經來不及了，楊毓蘭重重地撞上了曉潔的肩膀，不過驚慌的她完全不敢回頭，只能低著頭快步朝樓梯跑去。

「唉唷。」曉潔輕呼一聲。

因為才剛跟校護小姐點頭致意走出保健室，沒有注意到轉角處剛好有人過來，因此不小心就撞上了，正打算看清楚自己到底撞到誰，想不到那個撞到她的學生竟然低著頭一句話也不說地就朝樓梯跑去。

到底是誰那麼冒失啊？曉潔在內心罵道。

等到曉潔轉過去看清楚時，那人已經轉入樓梯，連正面都沒有瞧見，只看到了一眼背影。

然而不過是這麼一眼的背影，也已經足以讓曉潔認出背影的主人到底是誰，不過與此同時，曉潔內心裡面的疑惑也跟著浮現出來。

那的確是小蘭沒錯啊，不過現在是上課時間，自己是因為送春羽來保健室的關係，所以現在才離開，但她為什麼會……

不過曉潔並沒有多想，此刻的她滿腦子都是該如何跟黃春羽聊近況的盤算，所以沒心

情留意到那些發生在楊毓蘭身上的異狀。

而這保健室門前擦撞的一幕，後來也成為了曉潔人生中最大的缺憾之一。

4

夜晚，阿吉正在自己的房間裡，準備明天要帶去學校的法器，這些都是可以有效對付怨靈的東西。

不安、躁動、精神不濟、心不在焉。

這些都是被怨靈纏身時，最初期的反應，而從曉潔那邊聽到的近況，這些也的確有出現在黃春羽的身上。

不過就好像感冒一樣，不是只有感冒才會出現頭痛、喉嚨痛與流鼻水等等的症狀，這正是陳伯常常跟阿吉說，做道士有時候跟做醫生很像的原因。

類似這樣的症狀，其實也同時會反映在一些不同的靈體上。

要想對症下藥，找出真正鬧事的靈體，有時候需要花上一番工夫。

像東派曾經就發生過，錯把天妖當地靈，即便靈體判斷正確，但類別不同，有時候會連解決的方法都有天壤之別，因此那位東派大師兄判斷錯誤的事件，幾乎成了後來所有師父傳授口訣時絕對會提起的「完美教材」。

怨靈常被笑稱是鍾馗派的「感冒」，幾乎是每個鍾馗派道士都會有機會處理到，這並不算是什麼特別的事情，甚至有些怨靈，終其一生也沒有造成什麼太直接的傷害，但是生死相隔、人鬼殊途，太過於靠近鬼魂，本來就會對人產生一定的影響，更何況本身就是怨氣集合所產生的靈體，被這些怨靈纏上的，幾乎人生都會受到一定程度的影響，只是當事者大多不太清楚自己是被怨靈纏身，還以為只是運氣、運勢比較差一點而已。

當然，這個纏上黃春羽的怨靈，恐怕不只有這些小小的影響而已，如果已經靠近到可以讓黃春羽昏倒的情況，可能就有危害黃春羽性命的風險，因此勢必得要解決。

不過情況就像早上自己跟曉潔所說的一樣，怨靈倒不算是什麼頭痛的問題，而是幕後的黑手，很顯然還沒有放過他們班。

在經過了這些事件之後，阿吉已經推想過無數次，關於幕後黑手的真實身分。

對阿吉來說，想要解開這些謎團，朝幕後黑手這個方向來找，會是比較簡單且正確的方向，畢竟動機與目的總有一天會明朗。

雖然一開始，阿吉也確實思考過對方這麼做到底為的是什麼，可是他很快就發現，朝這條線索去找，很可能是一條死路。

畢竟犯案的動機，真的太多了。

事實上，就好像早上阿吉告訴曉潔關於怨的情況一樣，動機五花八門，更可能超出任何人的想像，只要幕後的黑手可以因此得到滿足，就足以成為動機了。

因此朝動機這條路去走，走沒幾步就會卡住，就算知道了動機，也不見得可以連得上幕後黑手。

就好比搶銀行好了，動機不就是為了錢，如果憑著這個動機就想要找到犯人，那麼說不定台灣有超過兩千萬人都符合嫌犯的條件。

不過相比之下，朝另外一條路線走的話，情況就剛好完全相反。

那就是誰有這個能耐可以讓自己班的學生，接二連三發生這樣的事情。

阿吉相信只要朝著這條路查下去，應該就可以找到幕後的黑手。

簡單來說，今天如果發生了一起用管制藥品，甚至是很難弄到手的化學藥劑來殺人，警方肯定會從這個地方著手，因為一般人根本沒辦法取得這樣的藥品與藥劑，所以從這邊著手，找到了入手的管道，幾乎也等同於找到凶手。

而這個學期發生在J女中普二甲的事情，也是這樣，只要找到誰能夠「做得到」，基本上也等同於找到了凶手。

可是相對的，比起朝動機下手的那條路來說，這條路非常難走，這也是阿吉所遇到的困難之處。

在發生了那麼多的事件之後，阿吉有一度反過來，從兇手的角度來著手，試想要是自己是兇手的話該如何下手。

在鍾馗祖師所留下來的口訣之中，雖然所述的都是描述靈體的基本特性，降妖伏魔的祕訣，但其實反過來說，就是下咒的方法。

這也正是為什麼鍾馗祖師在留下這些口訣之後，嚴禁以任何形式記錄下這些口訣的原因。

這些口訣一旦落入錯誤的人手中，不但沒辦法為人世間除妖，反而被人濫用拿來為非作歹，到時肯定會是一場大災難。

在歷經過「易經之禍」後，阿吉更加確定當年祖師爺的設想是有其必要性的，畢竟劉易經只靠著殘破不堪的口訣，就已經造成了那麼大的災難，試想給他完整的口訣，會有什麼樣的後果。

在阿吉以詛咒全班為出發點作為思考的情況之下，他很快就發現自己的人生中，他認識的人裡面，能夠像這樣搞出那麼多事情的，肯定是修道多年的道士，而且還不能只是一般的道士，得是鍾馗派的道士。

另外由陳伯所提供的線索，還有就阿吉所了解的一些鍾馗派的情況，這個鍾馗派的內

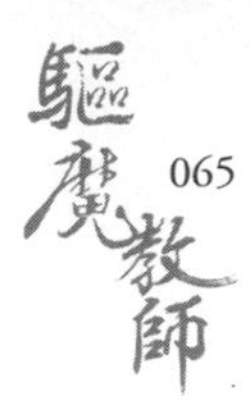

賊，需要有兩個很重要的特徵，一是必須非常了解鍾馗派以外的風水與茅山術，另外一個則是需要了解鍾馗派至少兩派以上的口訣。

就第一點來說，鍾馗派並不是個非常嚴謹的門派，一切的重點都是口訣，除此之外就是人格問題。這是鍾馗派一向的原則，只要人格沒有問題，就可以傳授口訣，不管是否曾經師承茅山道術或者是執業的醫生，都一視同仁。

所以鍾馗派底下，不乏有些風水師或者是跳槽的道士，因此要符合第一點，並沒有那麼困難，甚至光是聯想，阿吉就能夠聯想出至少五打左右符合這個條件的人選，雖然阿吉並不清楚他們在鍾馗派之前的那些風水或茅山道術的功力如何，不過至少可以想得到一些人選。

可是第二點就比較困難了，因為除了人品之外，四大鍾馗派系，不管是誰，都只能選擇一個加入。

簡單來說，只要加入過南派，終其一生都不能加入其他三派，甚至連聆聽其他派的口訣，都屬於大忌。

因此這近百年以來，唯一一個破戒的人，正是阿畢。不過阿畢的情況又有些不同，他是因為南派的口訣幾乎盡失，所以才特別來到北派補足一些口訣。這也是當時道士大會中共同決定可以破戒的唯一例子。

換言之，就算是阿畢也不算符合這個條件，因為他所學習的那一半正是南派所缺少的口訣，因此一半南一半北的情況之下，阿畢也不可能知道同一種狀況下兩個門派所用的口訣。

如果真要讓阿吉來說的話，他只知道兩個有這樣能耐的道士，一個是前南派掌門劉易經，另外一個當然就是自己的師父呂偉道長。

其他人，哪怕是呂偉道長的同門師兄光道長，應該也沒有這能耐才對。

而之所以認為只有這兩個人有可能的原因，就是因為兩人都曾經鑽研過口訣，並且從中大量的領悟出別道，因此雖然口訣並不完整，但是兩人光憑著對靈體的了解，的確還是有可能可以做到口訣之外的事情。

以呂偉道長為例，雖然阿吉不曾看過呂偉道長使用任何茅山道術，但風水倒是呂偉道長鑽研過的一項學問，阿吉常常聽呂偉道長講述一些關於風水的事情，因此如果最後幕後黑手是這兩個人其中之一的話，阿吉可能不會太驚訝。

可是問題就在於，這兩個人早就已經不在人世了，而且更諷刺的是，阿吉是少數這個世界上，親眼看到兩人遺體火化的人之一。

除了這兩位曾經齊名的道長之外，阿吉還真的想不到有誰可以跟他們一樣。因為如果還有這號人物存在的話，同時也意味著鍾馗派裡面還有超越這兩位傳奇道長的人在？

這點對了解鍾馗派的阿吉來說，也非常清楚這是不太可能的事情，如果真有這樣的人存在，他不可能隱藏得這麼好，阿吉不可能完全沒發現。

如果將這些道家各門各派的道法分為理論派與實務派的話，鍾馗派肯定是超實務派，口訣提供的只是一個方法，在沒有實際上執行過之前，這些終究只能是一般理論，到了實際上處理事情的時候，沒有對口訣融會貫通的人，根本不可能發揮出功力來。

如果真的這麼了解口訣，卻完全沒有靠口訣發揮出功力來，那麼他是不可能在一夕之間有這樣強大功力的，這就是現實，因此鍾馗派不可能有這樣一號人物存在，而阿吉卻渾然不知才對。

也正因為如此，阿吉才會彷彿陷入一片迷霧之中，完全不知道到底是什麼樣的人躲在幕後操控著這一切。

不過，現在也只能走一步算一步了，不管怎樣還是先解決眼前的怨再說。

阿吉一邊將東西打包好，一邊這麼想著。

第3章・除氣

1

想要打探黃春羽最近的情況，對曉潔來說不算是太難的一件事情。兩人在高一的時候同班，還一起參加過一次國語文競賽，所以也算是有交情，偶爾也會一起出遊，去逛街或吃飯。

只是因為曉潔一向不太會跟人家組成小團體之類的交友模式，所以跟班上所有同學都不算太差，但是也不算太親近，始終會維持著一小段適當的距離，這並不是曉潔刻意的結果，而是出自於個性使然。

這樣的個性，不全然是天生的，而是雙親長時間不在身邊的結果，養成了曉潔絕對獨立的個性，在這樣的個性之下，她非常了解如何不去麻煩別人，這種往往要真正獨立之後才會逐漸養成的性格，對還在就讀高中的女孩來說，有點過於早熟，也造就出這樣的結果。

不過由於曉潔為人比較隨和，又很開朗，因此跟班上的同學很容易打成一片，人緣也很好，所以要找同學談談心，對她來說真的不算什麼難事。

在體育課暈倒事件過後第二天的中午，曉潔找上了黃春羽，跟她閒聊了一會。

當然在找上黃春羽聊天之前，曉潔也已經做過功課，大概知道黃春羽兩個禮拜前請了一次病假，一個多月前請了一次事假，沒有參加任何學校社團，在班上跟哪些同學比較要好，喜歡看韓劇跟電影，常常跟同學一起去看電影、聊韓劇。家中有一個弟弟，父母感情和睦，至少在家庭方面，不曾聽說過有什麼困擾。沒有男朋友，生活也很單純，有在外面補習數學。

整體而言，從這些基本的資料來看，曉潔實在看不出黃春羽有任何會被怨靈纏身的地方。

不過情況或許就像阿吉說的那個故事一樣，問題不見得是出在她的身上，因此曉潔還是跟黃春羽閒聊了一會。

透過閒聊，曉潔大概知道了黃春羽的一些近況，兩個禮拜前她因為感冒發燒請了一天病假，去醫院吊了一次點滴，然後一個月前是因為祖墳搬遷的事情，所以請了一天事假。喜歡的韓星團體，從 Super Junior 變成了 EXO。最近沒看什麼電影，追了兩部韓劇，可是結局她都不是很喜歡。另外她們也有稍微聊了一下家裡的情況，她的爸媽感情方面似乎很穩定，沒有小三或小王的跡象，弟弟明年要考高中，但是似乎進入了叛逆期，所以讓爸媽有點頭痛。黃春羽目前仍然沒有男朋友，甚至沒有喜歡的對象，之前有一個補習班同學向她告白，但是被她拒絕之後，對方也很快就把目標轉移到其他人身上了。除此之外，這學期倒是過得還算平靜，身上這陣子多了不少傷口，是因為自己常常心不在焉，才會跌得一鼻子灰。

兩人聊得很充實，但卻讓曉潔感到一頭霧水。

她完全不知道到底哪裡有任何線索顯示她會被怨靈纏身。至於除此之外的線索，光靠幾次閒聊恐怕也很難問出什麼。

更何況曉潔不是專業道士，因此也根本看不出來到底哪裡有什麼問題，更不可能知道該朝哪方面去問才對。

因此曉潔的結論是——一切正常。

這是曉潔準備給洪老師的答案。

因為光是從這些地方，曉潔也實在很難想像得到，黃春羽為什麼會被怨靈纏身。

不過曉潔非常清楚，如果再不處理的話，黃春羽可能真的會有生命危險，因為她身上到處都可以看得到瘀青等傷痕，雖然她自己說是心不在焉，但是連曉潔都可以感覺得到黃春羽有點口是心非，似乎有著什麼事情一直困擾著她。

偏偏曉潔也很懷疑，會不會連黃春羽自己都不知道她是到哪裡去招惹到怨靈的。

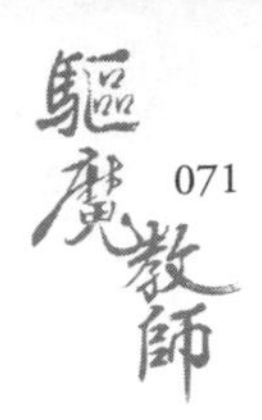

2

在黃春羽昏倒之後的第二天，阿吉已經計劃好了，今天下午班上的四堂課，沒意外的話都是在教室裡面上課，自己則是四堂都空堂，因此絕對可以說是最好的機會。

在過去的經驗之中，要搜查怨靈最忌諱的就是被纏身的對象一直移動，只要移動超過一定的範圍，怨靈就會改變位置，這樣的情況之下要找到怨靈是難上加難。

因此一旦道士要找尋怨靈，第一個任務當然就是先請對方不要移動，這樣才能讓怨靈在同一個地方停留，接下來要找到的可能性也比較大。

在搞定了這一點之後，接下來就是範圍的問題。

就像口訣裡面所說的「怨不離於千尺外，惑必據於百丈內」。千尺跟百丈是相同的距離，折算成現代度量衡的話，一尺差不多三十公分，而一丈差不多是三百公分，所以千尺與百丈差不多就是三百公尺。

也就是說，怨靈所在的範圍，差不多就是以黃春羽為圓心，半徑三百公尺的範圍內，這樣的範圍，說大不大，說小不小。在這樣的範圍之內，任何陰暗的角落都有可能是怨靈的藏身之所。雖然理論上是這樣沒錯，但是實際上以阿吉過去的經驗來說，除非有特別的原因，不然怨靈還是不會離開太遠，幾乎都跟被纏身的對象在同一棟建築物之中居多。另外藏身於陰暗處也不會只是一塊陰影，多半都是在一個人氣比較不旺盛，缺乏陽光照射的空間。

除了這些之外，還有一些是阿吉完全沒辦法掌握的，例如天氣因素。

怨之所以藏身是因為懼光，但是如果天氣太過於陰暗，甚至於發生日蝕，怨就不見得會乖乖待在陰暗處。

就這點來說，昨天天氣比較陰，打從早上開始，天空中累積的雨水就一直要下不下的，到了中午下過一場小雨之後，天色一直都很昏暗，因此怨靈才會離開藏身所，去靠近黃春羽，尤其昨天排球是大家分開練習，女孩們會找些有陰影的地方練習，這更是幫了怨靈一把。

不過今天就不一樣了，豔陽高照到甚至讓人感覺刺眼，阿吉相信一些怨氣很重的怨靈，昨天說不定還可以勉強在白天出沒，但是以今天的陽光，肯定足以讓怨靈都乖乖待在室內陰暗的角落。

因此以天時來說，是完全站在阿吉這邊。

阿吉到這間學校服務已經四年了，對學校環境的了解自然不在話下，事實上當昨天阿吉在保健室裡面跟曉潔解說怨靈的特質時，心中就已經有了幾個地方，很適合怨靈躲藏。

阿吉能夠想到的地方大約只有三個，這完全是出自於阿吉對學校的了解，而這正是地利。

天時、地利幾乎都站在阿吉這邊，然而對阿吉而言，最大的障礙還是人和。要在學校像個道士一樣翻箱倒櫃找怨靈，對阿吉來說，本身就是一個禁忌。如果在錯誤的時刻，被錯誤的人撞見自己做出錯誤的舉動，他很有可能跳到黃河也洗不清，怎麼解釋也解釋不了了。

所以比起怨靈，阿吉更需要小心不讓其他人發現，這或許是這一次搜尋怨靈最大的挑戰也說不定。

這天，阿吉帶了前一天晚上準備好的東西，再度化身成洪老師到了學校，上了三堂課之後，來到中午。

沒有浪費什麼時間，洪老師等午休時間一到，立刻開始行動。

第一個被洪老師鎖定的目標，是位於西側一樓走廊底端的美術教室。

那裡在保健室彎過去之後的轉角，平常就算是上美術課，也不一定會使用到那間教室，反而是堆放一些美術用品，以及被美術社拿來當作社團倉庫使用，因此出入的學生並不多，且除非就是要去美術教室，否則也不太可能有人會經過這裡，加上地點的關係，只有在夕陽西下的時候，才會有些許陽光射入，絕對非常適合怨靈藏身，因此被洪老師鎖定為第一目標。

繞過了保健室之後，洪老師來到了通往美術教室的走廊，在確定沒有人之後，洪老師快步走到美術教室門前，然後打開美術教室的門。

剛打開美術教室的門，洪老師那厚重鏡框後面的一對眼珠子，便瞪得老大。

這是怎麼回事？

只見整間美術教室簡直就像剛歷經一場大戰一樣，不只原本貼在牆壁上的那些學生作品被撕成碎片，就連用來素描的石膏像也都被敲碎破壞，滿地都是紙片與碎屑。

看到這種景象，立刻讓洪老師也就是阿吉聯想到狂靈，因為狂靈的確會有像這樣到處破壞物品的症狀，如果不是昨天已經在保健室裡面確認過黃春羽的情況，看到眼前這般景象，洪老師可能會立刻判斷是狂靈所為。

昨天雖然沒有在黃春羽身上測驗過狂靈，但是雙靈共據一體的情況非常罕見，而且那個被佔據的人，也需要一定的靈性，不是任何人都會被雙靈共據一體，再加上如果是雙靈共據一體的話，多半浮現的會是比較高階的靈體，狂比怨高，所以浮現出來的應該是狂的特性，綜合以上幾點，阿吉相信黃春羽應該不是雙靈共據一體的情況。

不過，那又該如何解釋眼前這到底是怎麼回事呢？

難道說，另外還有一個狂靈出現？

一想到這裡，立刻讓洪老師整個背脊都涼了起來。

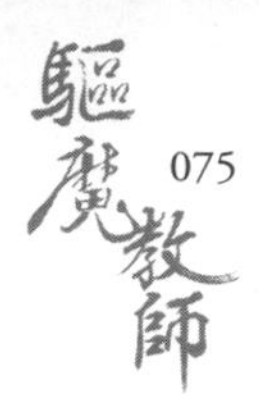

畢竟，在這十二種靈體之中，除了最高階的逆與滅之外，剩餘的十種靈體，洪老師最不想碰到的就是狂。

除了不好對付之外，狂靈從頭到尾都像是一個叛逆的孩子一樣。

狂靈之所以為狂，就是因為會讓被害者發狂，但是這並不表示所有發狂的人，都是被狂靈所傷。

對鍾馗派來說，狂有三種情況，一種是狂靈所致，一種是惡靈所傷，最後一種就只是單純的精神疾病而已。

惡靈所傷的情況，大概就是像先前芯怡發生過的饑靈噬魂，這種發狂多半都只要收驚就可以了。當然這是單獨針對發狂的狀況，饑靈本身並不會因為收驚而罷手。

當然如果不是心裡已經有準備，可能會有狂靈出現的話，洪老師也不會一看到這樣的景象就只想到狂。

所以雖然已經非常確定黃春羽身上的是怨靈，不過為了以防萬一，洪老師還是打算要試試看，是不是真的有狂靈出現。

洪老師拿出了羅經與蠟燭，正準備進行測試，背後突然傳來了一陣尖銳的尖叫聲，嚇得洪老師整個人跳了起來，連手上的那些東西，都差點全部砸在地上。

「這、這是怎麼回事！」洪老師一回過頭就看到美術老師一臉驚訝不已的表情，看了看滿目瘡痍的美術教室，又看了看自己說：「洪老師，你、你為什麼……」

這下阿吉內心最恐懼的一幕發生了，遠比發現怨靈還要更讓阿吉害怕的一幕真的成真了。

「不！別誤會！」洪老師慌張地揮著手說：「這些不是我弄的！真的不是我！因、因為我班上昨天有個學生昏倒了，我想要跟護士小姐討論一下那個學生的狀況，不過我沒遇到護士小姐，所以就想說等她一下。因為這裡比較安靜，就走到這裡，然後就看到裡面這樣了。」

洪老師驚慌失措的模樣，有一半是真實的，當然另外一半也是因為這身偽裝的關係，頭上蓬鬆凌亂的頭髮，因為緊張的關係而晃動不已，就好像頂著一頂雞冠一樣，非常滑稽好笑，看得美術老師也不禁笑了出來。

「不要那麼緊張，」美術老師淡淡地笑著說：「我剛剛只是嚇一跳，然後想說你為什麼會在這裡而已。我不認為這是洪老師做的，只是很驚訝怎麼會變成這樣。」

對於美術老師沒有多做懷疑，阿吉是真的打從心底鬆了一口氣。

「這種情況，」美術老師搖著頭無奈地說：「以前也發生過一次。」

「啊？」洪老師一臉訝異。

「那時候，」美術老師側著頭說：「洪老師可能還沒來吧，就是有個學生，因為感情

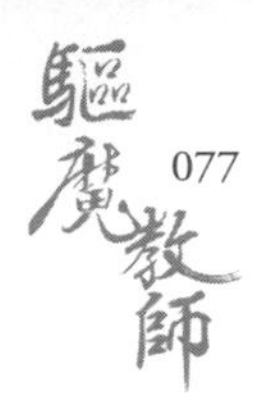

的關係，跟班上另外一個同學起了紛爭，然後一時之間情緒失控，跑到美術教室來，看到東西就砸，但是這一次……」

美術老師走到雕像旁邊，看到連頭都被砸爛的雕像，不禁搖搖頭說：「怎麼會連雕像也……看來這次的同學失控得很嚴重。」

美術老師說得稀鬆平常，但是對阿吉來說，卻給了他當頭棒喝。

聽到美術老師的說法，讓阿吉不禁想要搖頭苦笑，或許這可能就是所謂的道士職業病吧？

遇到走路搖晃的人就以為是鬼上身，看到個紅包立刻聯想到找冥婚，見到有人印堂發黑就想到鬼纏身，完全忘記那可能只是醉漢喝醉，紅包說不定是人家亂丟的紙屑，而印堂發黑也有可能只是受傷或者純粹皮膚比較黑而已。

的確情況也很有可能像美術老師所說的一樣，雖然自己的班上被不明人士算計，但不代表除了本班以外的其他所有學生，都不會有任何脫序的行為。

洪老師協助美術老師通知校警之後，便藉故離開了。

雖然美術教室的插曲，讓洪老師浪費了一些時間，不過至少有件事情是肯定的，那就是美術教室並沒有那個怨靈的蹤跡。

而洪老師在離開美術教室之後，帶著那些道具前往第二個他懷疑的地點——教具室。

比起美術教室來說，教具室更是人煙稀少，不過因為位於六樓的廁所旁邊，所以走廊上還是會不時有學生經過。

教具室裡面存放著許多掛圖與各種教具，不過實際上現在已經很少有老師使用了，就連原本還有駐守一個職員協助學生登記教具使用，現在也只剩下一個板子，由學生自己去填寫借還的物品與時間，平常並沒有人在那裡。就算偶爾有學生進去，也只是拿取或放回教具而已。比起美術教室，這裡更是陰盛陽衰，說不定更適合怨靈藏身。

就在阿吉這麼想著的同時，教具室已經近在眼前。

才剛站到門前，一股沉重的壓力幾乎壓得阿吉喘不過氣來。

應該就是這裡了。

阿吉有了這樣的覺悟，並且緩緩地打開了教具室的門。

3

幾乎才剛打開門，就立刻感受到迎面而來的一股穢氣，洪老師非常清楚，這絕對不是什麼因為有東西發臭才發出來的難聞氣味，而是一種來自於靈體的氣味。

就好像修道久了，聽到被鬼附身的人說出來的話會產生一些頭暈的現象一樣，這種氣味也是修道久了才會聞得出來的一種特殊味道。

那個纏住黃春羽的怨靈，應該就在這裡面。

如果早知道對方的怨氣重到可以讓自己有這樣的感覺，阿吉根本連探測用的道具都不需要準備，只要準備那些用來對付怨靈的東西就好了。

才剛朝裡面踏一步，洪老師的第二步便停在空中，完全踏不出去。

想不到，對方的怨氣竟然那麼重，這已經超過他所能想像的地步了。

當然洪老師並不是怕自己對付不了，畢竟現在要對付的終究還是以氣為靈的靈體，而不是怨靈本體，靈體跟本體的力量還是有差距的，所以洪老師相信自己絕對足以對付。

只是有兩個問題，讓洪老師的第二步踏不出去。

首先，即便是有差距，洪老師這邊也不是完全沒有限制。

最讓洪老師擔心的，就是萬一被人發現自己在這邊作法，可能沒辦法像美術教室那樣，隨便掰個理由就能過關了。

到時候自己勢必得要面對一些質問以及後續的問題。

雖然洪老師也有考慮過，要不要乾脆去廁所，把變裝拿掉，可是自己一頭金髮，整個就是陌生的可疑男子，難保被人看見不會直接通知校警抓他。

不行，這樣簡直就是在玩命！

阿吉想到當年自己成為這所學校的老師時就立下了誓言。

這輩子就這樣在這裡死去吧！老死在這裡！一輩子都在這裡當高二導師！

這可是阿吉整個人生裡面，唯一立下的志願啊！

因此，變裝成洪老師的他，選擇絕對的低調，不跟校內其他老師有任何糾紛與是非，一切都只為了一個最高原則，就是老死在這「二八佳人」的世界裡面，這是他唯一的志願，也是他這輩子誓死也要達成的願望。

可是才短短四年的時間，這個畢生的志願、唯一的願望，就受到了空前的挑戰。

這四年除了每天回到廟裡面去睡覺之外，阿吉真的已經不記得那些口訣背後帶來的意義，更不記得那些妖魔鬼怪，眼中只有這些女學生。

學校生活對阿吉來說最美好的地方，就是周而復始、年復一年。

每年阿吉都會蒐集一年級新生的資料，從中挑選出最好看的女孩，然後將這份名單交給教務處，組成這個專門用來掩教育局耳目的特別班，然後成為她們的導師，與她們共度美好的一年。

如果可以的話，阿吉希望就這樣一年過一年，然後直到自己老死為止，就這麼簡單。

只是沒想到踏入教職第二年，實現了只當高二導師的夢想之後，才帶過三個班，這個簡單的願望現在也感覺似乎越來越遠了。

每每想到這裡，都讓阿吉有種想要將幕後黑手抓起來扒了他一層皮的衝動。

在怨天尤人一會之後，洪老師縮回已經踏入教具室的那一隻腳。

不行，還是需要多一個人手來幫忙才成，至少要有個人把風。

除了這個之外，教具室裡面那些布滿灰塵的教具，也是一個嚴重的問題，畢竟等等破氣需要用火，在這種地方用火，要是一個不小心，很容易引發火災，到時候可就不好玩了。

所以就這樣衝進去跟對方硬碰硬，絕對是不明智的。

洪老師退回門外，輕輕將門關上，看了看手錶，午休時間也差不多快結束了。

洪老師決定先回辦公室規劃一下，想清楚到底該怎麼解決再動手也不遲。

回到辦公室，發現辦公室裡面正因為美術教室的事情引起了一點騷動，學務主任帶著校警來問洪老師一些問題，一直等到兩人離開，下午的第一堂課都已經過一半了。

第三堂下課是打掃時間，學生會在校園各處進行打掃工作，黃春羽也會移動到外掃區域，到時候如果還沒解決，可能今天都沒機會了。

因此洪老師立刻開始規劃，教具室旁邊有一條通往屋頂的樓梯，那裡幾乎沒什麼人走，因此應該很適合成為一條不錯的通道。

洪老師打算將這怨靈逮到屋頂去，一方面空間比較空曠，不需要擔心引發火災，另一方面還有陽光當作助力，不管那怨靈有多凶，在陽光底下都發不了威。

規劃好之後，洪老師立刻帶上道具，直奔屋頂，把一會對付怨靈需要的東西都直接放在屋頂上。洪老師從袋子裡面先拿出一條紅色的繩索，這是拘魂索，繩子上的紅色是硃砂，對鬼魂來說有相當的威力。

不過這個計劃有一個問題，那就是洪老師需要一個幫手，能夠在樓上守著，然後在他順利套到怨靈之後，幫他將怨靈拉到屋頂去。

因此一切準備就緒之後，洪老師匆匆地回到了辦公室，下課時間一到，洪老師立刻請一位學生到他的班上去找班長過來。

果然幾分鐘之後，就看到曉潔匆匆忙忙跑進辦公室裡。

「我已經跟下一堂課的李老師說好，」在確定旁邊都沒有其他人注意之後，洪老師輕聲對曉潔說：「幫妳請好公假了。」

「啊？」

「我需要一點幫忙。」

「幫什麼忙？」

「……跟我來。」

洪老師帶著曉潔，盡可能避開其他人耳目來到屋頂，在確定沒有人過來之後，洪老師鬆了一口氣。

「呼，」洪老師大大地喘了一口氣說：「我已經找到那個怨靈了，不過處理方面遇到了一點麻煩，需要妳的幫忙。」

「怎麼幫？」

「那個怨靈躲在教具室，」洪老師用手比了比樓下說：「我沒辦法在那邊跟它打，所以我打算要妳待在這裡，拿著這條繩索，然後我下去將繩索另外一端綁在它身上，妳等我的信號，一有信號就用力拉這條繩索，把那個怨靈拉到屋頂上來。」

「啊？」曉潔張大了嘴說：「把它拉上來？拉到屋頂？」

「嗯，」洪老師抬頭看了看晴朗的天空說：「今天陽光充足，光是光線就夠它受了。」

「它怕光？」曉潔靈機一動問：「那開燈呢？把教具室的燈全部打開……」

「燈管上都是灰塵，那樣的亮度絕對不夠。」洪老師搖搖頭說：「而且怨靈真正怕的只有自然光，像是陽光或火光，燈光對它們而言只是厭惡而已，起不了什麼作用。」

「嗯，」曉潔點點頭表示了解地說：「然後呢？就這樣讓它被晒死？」

「當然不是，」洪老師揮著手說：「我也會上來。總之，妳的任務只需要把它拉上來，其他的都交給我，懂嗎？」

「嗯。」曉潔勉強地點了點頭，一直到現在，她還是很不習慣這些話是從洪老師的嘴巴說出來，而不是阿吉。

「好，」洪老師看了看手錶，現在才剛打了第二堂課的上課鈴：「我們再等個十分鐘，然後就開始行動。」

當然，洪老師等這十分鐘，就是為了避開一些上課鐘響還沒來得及進教室的學生，以及雖然已經很少見，但是難保不會還有老師突然需要使用掛圖前來教具室。

過了十分鐘後，洪老師先下樓看了一下情況，確定都沒有人之後，才上來拿繩索過去。

這條拘魂索本來就是為了將鬼魂拉到比較好處理的地方而設計的，自然有一定的長度，這點距離不成問題。

站在屋頂，拿著繩索另一端的曉潔，慢慢地鬆開手上不停延伸出去的繩索，原本還有點擔心會不會不夠長，想不到地上還有差不多五六圈的繩索時，繩子的拉動就明顯和緩了下來，應該是洪老師已經進去教具室了，正在找尋那個怨靈的蹤影。

教具室裡，洪老師一手握著繩索，小心翼翼地往裡面走去。

洪老師並沒有將教具室的燈打開，因為正如他剛才所說的，燈光會讓怨靈感到厭惡，而他們此刻的目的是要抓它，不是把它趕走，因此不宜開燈。

繩索的這一頭已經打好了一圈雙套結，等等只要找到怨靈，將這結朝頭上一套，就可以順利套住它。

洪老師不敢大意，一手拿著拘魂索，一手拿著打火機。

很多種類的靈體不太會現形，尤其是這些會跟著人的靈體，隱匿自己的蹤跡一直都是它們的拿手好戲。

因此想要找到它們的蹤跡，不是只要衝進去就找得到，還需要一些輔助工具，而且有些時候，就好像此刻的怨靈，沒有用對工具還真的找不到。

怨靈懼光怕火，這是它最基本的特性。因此打從一千年前的過去，道士們就是靠著燭光來找尋怨靈。

這裡所謂的靠著燭光，並不是真的拿來照明，而是看著蠟燭上面燭火的變化，藉此判別鬼魂的位置。

推磨、吹燈、入傘，幾乎可以稱是常見的鬼魂特性。

一向懼怕火光的怨靈，只要一遇到燭火，便會想辦法將之弄熄，這也可以算是怨靈的基本特性。

因此只要點火，就可以靠著火光搖曳的方向，大致推測出怨靈的方位。

洪老師一步一步朝著教具室深處走去，長久沒有使用的教具室，空氣中瀰漫著一股老舊的味道，兩旁存放教具的櫃子也都看得出灰塵堆積的痕跡。

洪老師一直盯著手上的打火機看，果然才踏出沒幾步，打火機上的火焰便開始搖曳起來。

火向左搖，表示風是從右邊吹過來的，洪老師便向右邊移動。

洪老師跟著火光的搖曳而動，繞過了前面的一排櫃子之後，來到由兩排櫃子夾出來的小走道，這裡因為有兩旁的櫃子擋住，所以是房間裡面最為陰暗的角落。

一踏到後面這條走道，手上火光搖曳的幅度更大了，洪老師知道這代表著自己也越來越接近那個怨靈的藏身處了。

就在這時，突然一陣風將洪老師手上打火機的火光給吹熄，而就在火焰熄滅的同時，一對閃閃發光的雙眼，就這樣與洪老師幾乎快要臉貼著臉那樣的接近。

雖然知道對方很近，但是沒想到那麼近，對方一張開雙眼，幾乎就是跟自己貼在一起的距離，讓洪老師內心也是嚇了一跳。

然而對方並沒有那麼容易受到驚嚇，一睜開雙眼，立刻展開攻擊。

洪老師這邊卻沒什麼準備，只覺得迎面一股強勁的風勢襲來，舉起雙手一擋，立刻感覺到一股強大的力量打在雙手上，整個人就這樣被打退好幾步。

但是洪老師終究還是經驗豐富，就在退開的同時，手一伸直，順勢就把拘魂索朝那對雙眼套上去，一套便中。

洪老師根本也沒看清楚怨靈長什麼樣子，整個人就被擊退了好幾步，不過這倒也無所

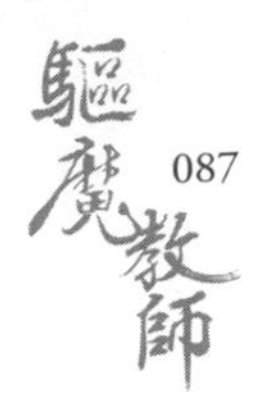

謂，因為剛剛那一套之下，已經套住了怨靈的頸子，洪老師一站穩，立刻用力一扯，將繩索套牢之後，扯了三下繩索。

繩索另一端的曉潔，立刻感覺到從繩索傳來的暗號。

快拉！

曉潔彷彿聽到了阿吉就在自己的耳邊喊著。

她立刻用盡了吃奶的力氣拉著繩索，拉沒幾下，手上立刻傳來強大的抵抗力，曉潔非但沒有將對方往屋頂拉，反而被對方朝門口一連拉近了好幾步。

「不行！它力量太大了！」曉潔忍不住叫道。

這情況在樓下的洪老師當然也看見了，眼看拘魂索拉得很緊，但是半天都沒有把那怨靈從陰暗處拉出來，他立刻知道情況不對，看來那怨靈很有力量。

「可惡！」

洪老師當然沒想到對方竟然在拘魂索的束縛之下，還能有那麼大的力量，這下真的得改變策略了。

看到怨靈這般抵抗的模樣，洪老師非常清楚，這不是單純的力量問題，而是對方的怨氣太重，因此單憑拘魂索還沒辦法完全困住它，因此就算自己幫忙拉，情況也不會有太大的幫助。

需要先削弱一下它的力量！

洪老師左右看了一下之後，心生一計，立刻跑出教具室，在門口調整了一下角度之後，從懷中拿出了一面八卦鏡，八卦鏡在陽光的照射之下形成了一道光柱。

洪老師一隻手抓住拘魂索，另一手拿著八卦鏡，將角度調整一下，一道光束立刻射入教具室內，筆直地朝那怨靈藏身的陰暗處射去。

怨靈本懼光，再加上八卦鏡所折射出來的光芒，連對不怕光的靈體都有一定的傷害了，更何況是懼光的怨靈。

果然照沒多久，手上的繩子立刻有鬆動的感覺，洪老師立刻一邊扯，一邊朝走廊一連退了好幾步，很快就看到一團黑影從教具室裡面被拖了出來。

行了！

才在心中歡呼了一下，想不到定睛一看，洪老師一時之間竟然愣住了。

在拘魂索的力量之下，讓化氣為靈的怨靈產生了形體，因此洪老師清楚地看到了，那個靈體就好像一隻被束縛的狗一樣。

犬妖？

洪老師在內心驚呼。

在怨靈之中，最少見的就是妖，因為動物不像人一樣，有那麼多的心思，有那麼多難解的情緒。

動物的怨氣比較不容易累積，因此也不太會化為怨靈。

尤其是怨妖，更是讓阿吉印象深刻，因為在呂偉道長所收服的一百零八種靈體之中，怨妖真的是遍尋不著，一路一直收到破百靈體之後，才在花蓮附近找到一隻怨妖。

當時幾乎踏遍了全台灣都非常難找到怨妖的行蹤，就是因為動物不容易產生這麼重的怨氣，而且當時兩人找到的那隻怨妖，本身是因為被人虐殺，才產生了那樣的怨氣。

不過那次的怨妖跟這次的比起來，簡直就是小巫見大巫。

如果這怨氣真的是動物發出來的，那麼它很可能是阿吉所見過怨氣最重的怨妖。

這實在是太過於強大了，就一個怨妖而言。

一時之間看傻眼的洪老師，完全沒有反應過來，那犬妖趁著這個機會，立刻撲向洪老師，洪老師竟然就這樣被撲倒了。

那犬妖巨大的腳掌，直接壓在洪老師的胸口上，就好像一個已經征服敵人的雄獅一樣，將洪老師完全踩在腳下。

「死狗！」回過神來的洪老師啐道：「別太囂張！」

洪老師從懷裡掏出一串念珠，一甩手將念珠握在手上，就好像裝上手指虎那樣，朝撲在自己身上的怨妖重重地打下去。

那犬妖被這一拳打到哀號，並且整個朝後面一跳。

這一拳當然已經傷到了怨妖，只見它才剛跳離阿吉的身上，立刻被曉潔不停拉動的拘魂索給拉到一連退了好幾步，幾乎就快要被逼到了樓梯口，才勉強站穩腳步。

眼看犬妖被揍了一拳之後散了許多氣，洪老師知道攻擊見效了，掙扎從地上站起來，正準備上前再打一拳，想不到身後突然傳來一個女人的聲音。

「洪、洪老師？」

女人的聲音從身後傳來，聲音不大，但是卻足以讓洪老師的膽被嚇破。

慘了！

洪老師內心哀號叫道。

光聽聲音不用回頭也知道身後的那個女人是誰，她正是昨天才照顧過黃春羽的校護小姐。

吃壞肚子的她，因為有拉肚子的預感，臉皮天生就比較薄的她，擔心發出太大的聲音，所以不想去教職員專用的廁所，特別跑到這邊比較偏僻的廁所，就是希望圖個清靜。

剛上完廁所的她，突然聽到一陣好像是小狗在哀號的聲音，一跑過來看，就看到洪老師手握著拳站在走廊上。

「洪老師，」護士小姐見洪老師沒有反應，繼續問道：「怎麼了？發生什麼事了嗎？

剛剛的聲音是……」

此刻的阿吉腦海一片空白，完全不知道該怎麼解釋剛剛的哀號聲，以及自己一手握著念珠宛如裝上手指虎，另一隻手還握著符咒的原因。

這下真的是百口莫辯了……

洪老師心中有種萬事休矣的感覺。

時間就好像靜止了一樣，不管是校護小姐還是洪老師都沒有半點動作，完全沒有任何答辯的洪老師，就這樣僵在原地，真的是回頭也不是，不回頭也不是。

但那犬妖卻沒有像這兩人一樣有那麼多心思，站定之後的它也被剛剛的那一拳給激怒了，立刻重整態勢，又朝洪老師再度撲了過去。

內心還在翻騰著如何才能讓自己脫離這窘境的洪老師，第二度又因為閃神，被犬妖整個撞倒在地上。

原本被洪老師擋住，根本沒有注意到樓梯口有個妖怪的校護小姐，突然見到洪老師仰天一倒，正想要過去扶他，想不到眼前一團黑影閃現，一隻巨大若隱若現的犬妖，就這樣出現在她面前。

犬妖再度將洪老師踩在腳下，然後仰起頭來，用那殘缺的腦袋以及駭人的臉孔，凝視著這個看傻眼的女人。

校護小姐先是愣了一下，然後張大嘴，彷彿想要發出震耳欲聾的尖叫聲，但是氣才剛吸入肺中，還來不及化成尖叫聲吐出來，那犬妖抬起一隻前腳猛力一揮，直接就把校護小姐給打飛。

校護小姐被犬妖這一腳打飛出去之後，重重地摔倒在地上，整個人也跟著暈了過去，這倒也算是幫了洪老師一個大忙，免去了他不知道該如何解釋的窘境。

不過洪老師一點也沒有開心的心情，反而是一臉不悅，因為這已經是第二次，被這不知死活的畜生把自己給踩在腳下了，加上剛剛又被校護小姐撞見，胸口熊熊的怒火讓洪老師咬牙斥道：「不知死活的傢伙。」

才剛舉起手，正準備再灌一拳在犬妖身上，豈料那犬妖還算聰明，一看到洪老師舉手立刻就跳開。

洪老師從地上爬了起來，這時的他已經不想再給眼前這隻犬妖半點機會了。

洪老師先是從口袋掏出了一把銅錢，然後將手伸到嘴邊，這一次不再咬指尖，改成咬指腹，將指腹咬破，用力吸了一口血之後，「噗」的一聲，將血噴在銅錢上。

之前洪老師不想用銅錢，就是怕它產生太多噪音，現在反正已經被校護小姐看到，要穿幫也已經穿幫了，加上怒火中燒，讓洪老師完全不想給這隻不長眼的犬妖機會，將染血的銅錢扣在手上，朝它身上一連打了三發。

犬妖見了立刻想要跳開，但卻因為脖子上被綁了拘魂索，只躲掉第一發，剩下兩發一發被打在頭上，另外一發則被打在腰腹。

這銅錢本來就是打靈專用的，因此對犬妖來說，本身就已經有非常大的威力，加上此刻又染了阿吉的鮮血，威力自然不在話下。

只見犬妖哀號翻滾的同時，也失去了抵抗的力道，整個倒在地上，被曉潔朝屋頂拉去。屋頂上的曉潔，原本在死命地拉扯下已經越來越有覺悟，自己說不定不管怎麼拉都拉不上來的時候，突然，那股強大的抵抗力道頓時消失，曉潔還因為用力過度，整個人向後一仰，險些摔個四腳朝天。

站穩腳步之後，曉潔立刻猛力拉著繩索，過沒多久，一道黑影就這樣被拖了上來。

曉潔根本不知道在繩索的另外一端套住的到底是什麼樣的妖魔鬼怪，只知道用力拉，等到繩索一拉上來，整個黑影從屋頂的門中被拉扯出來，曉潔才看清楚，原來自己一直猛力拉的不是一個人，而是一個宛如巨犬般的犬妖。

犬妖一曝晒到陽光，渾身立刻開始散發出扭曲視線的氣，並且不停地在地上翻滾哀號。

看到犬妖痛苦的模樣，曉潔也傻眼，停下了繼續拉扯繩索的動作。

在陽光的曝晒之下，犬妖本來就已經很駭人的臉孔，此刻更加扭曲駭人，曉潔一時之間也不知道自己是同情還是害怕，一雙腿不停地朝著屋頂門口移去。

就在這時，地上痛苦的犬妖受不了陽光的曝晒，猛然跳了起來，朝著門口衝，想要衝進屋內。

曉潔見狀，驚慌之下反射性地想要用手擋住犬妖，卻被它那駭人的眼神給嚇到趕忙讓開。

犬妖朝門裡面一跳，突然整個又飛了出來，曉潔定睛一看，只見洪老師一臉不爽地伸長著腳站在門口。

原來那犬妖才剛跳進門內，就被剛好趕上來的洪老師迎面撞見，怒火未平的洪老師二話不說，一腳直直踹上那犬妖的臉，把犬妖一腳踹回屋頂。

再次被踹回陽光底下的犬妖，又發出痛苦的哀號聲。

洪老師走上屋頂，將屋頂的門帶上，順手就在門上貼上了一張符咒，這下子犬妖真的是插翅難飛了。

「它、它……就是那個、那個怨靈？」曉潔嚇到都結巴了。

「廢話，」洪老師白了曉潔一眼：「不然是我的寵物嗎？」

確定犬妖被困在屋頂之後，洪老師轉身朝女兒牆旁走去。

在擬定好屋頂計劃之後，洪老師就先行來過屋頂，並且把可能會用到的法器都裝在一

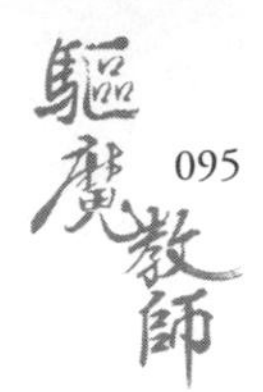

個塑膠袋裡面，放在屋頂的女兒牆旁。

洪老師走到塑膠袋旁，從裡面拿出了一疊金紙、銀紙與一把羽扇，走回到曉潔身邊。

「把這些撕成碎片，」洪老師將金紙與銀紙交給曉潔說：「一個碎片最大不超過一節指頭的大小。」

洪老師交代完之後，轉身朝犬妖那邊而去，從地上撿起拘魂索。

附近有不少大樓，因此即便是身在屋頂，還是有些陰影可以躲藏。

洪老師一隻手抓著拘魂索，感覺就好像一個馴獸師一樣，不停地將犬妖控制在陽光照射的範圍。

只見犬妖不停在地上打滾，並且渾身發散著氣，彷彿全身上下都被火燒一樣。

洪老師當然非常清楚，犬妖散發出來的那些就是怨氣，怨靈本來就是聚氣為靈，氣散則靈消。當然光靠曝晒只能減弱它的力量，真正想要打散它的氣，還是得要靠自己。

「撕好了沒？」洪老師問曉潔。

曉潔非常用力地撕，轉眼間已經撕完一半了。

「還差一半。」

「夠了。」洪老師轉過身來，走到曉潔身邊。

拿出了羽扇，洪老師抓了一把被撕成碎片的金紙、銀紙，將碎片一撒，所有被撕成碎片的金銀紙全部飛揚起來，沒等到那些金銀紙散去，洪老師再抓起一把碎片，對著天空又是一撒，頓時間整個屋頂幾乎都籠罩在這一片碎屑之中。

雖然屋頂風大，但終究還是有地心引力，一些碎屑開始飄落地板，洪老師不再撒碎片，拿起手上的羽扇，用力朝著這些碎屑搧。

這用力一搧，原本快要掉落的一些碎片又被吹了起來，洪老師熟練地一連搧了好幾下，比起剛才的景象看起來還要更廣闊壯觀。

「退開一點！」洪老師對曉潔叫道。

曉潔聞聲退到門邊，洪老師拿出一個小水壺，猛力灌了一口之後，拿出身上的打火機，打了火之後拿到嘴邊，放下水壺猛力一噴，天空中的金紙、銀紙碎片全部跟著燒了起來，一時之間整個空中一片火海。

本來滿天飛舞的碎片，全部燃燒了起來。

「碎金逼原形，」洪老師指著還在地上翻滾的犬妖叫道：「碎銀鎮怨氣，怨妖之氣，這是給你的破氣焰。」

洪老師說完，手上已經多了一枚銅錢，手指一扣喝道：「燒！」

洪老師手指一彈，將銅錢朝著犬妖身上一打，銅錢一打中，犬妖立刻被周圍那些飄散的火花點燃，全身都燃燒了起來。

曉潔本來還以為像這樣火燒犬妖，接下來會是非常殘忍的畫面，因此不禁皺起了眉頭。

想不到這火來得又急又快，犬妖連哀號的聲音都來不及發，「轟」的一聲，瞬間就消失得無影無蹤。

整個屋頂，只剩下曉潔與洪老師兩人，以及滿天飛舞的灰燼而已。

4

學校陷入一片騷動中。

先是中午的時候發現有學生惡意破壞了美術教室，誰知道下午的時候，又發生了校護小姐被攻擊的事件。

不過這兩起事件有一個非常詭異的共通點，那就是第一目擊者都是同一個人——普二甲的班導師洪旻吉。

下午第二堂課的時候，校護小姐被人發現倒臥在六樓的廁所附近，發現的人正是洪老師，在經過一段時間的休息之後，校護小姐恢復了意識，但卻不記得到底是被誰攻擊的，只知道自己從廁所出來之後，看到了洪老師，然後接下來的事情就不記得了，不過很明顯可以看得出來，校護小姐受到了驚嚇，一度聲稱攻擊她的是一隻恐怖又透明的巨犬。

至於洪老師為什麼會在那邊，大家並沒有太執著於這個點，畢竟那裡有教具室，雖然已經幾乎沒人使用了，但洪老師一向給人認真教學的感覺，想找些教具來使用好像也不是什麼大事。

學校方面在經過考慮之後，沒有將這件事情通報警方，這也真的讓洪老師鬆了一口氣，因為一旦警方介入，自己恐怕就會受到影響。

不過，不管怎麼樣，這天在學校所發生的事情，實在是非常違背洪老師一貫低調的原則。

當然，那個糾纏黃春羽的怨靈，雖然已經解決了短期內的危險，但是嚴格講起來，並沒有就此解決，想要真正的解決，就必須找到源頭。

這點，洪老師比任何人都還要清楚。

第4章・狂

1

曉潔從來就不曾感到如此混亂。

她的記憶力非常好，幾乎到了過目不忘的地步，特別是在認人這個方面，曉潔從來不曾有過認錯人的經驗。

除了用雙眼來記憶辨識之外，曉潔對聲音的記憶力也有過人之處，在接電話的時候，根本不需要對方報上名來，只要聽到一聲「喂」，腦海裡面就會立刻浮現出對方的容貌，而且經過無數次的驗證，這個能力也從來不曾出錯過。

而這個能力，也正是曉潔此刻感覺到混亂的主因。

在打散那犬妖的氣之後，接下來就是善後的工作。

校護小姐被攻擊，加上美術教室的破壞事件，讓校園內瀰漫著一股不安的氣氛，雖然學校並沒有大肆宣揚，並且很快就封鎖了消息，但是從老師們的臉上，還是可以感覺到那股不安。

也因為這樣的關係，負責校內安全的教官與校警，不時就會穿梭在各班級外的走廊，不管是誰都可以感覺到好像發生了什麼事情。

曉潔這邊雖然不知道美術教室被破壞的事件，但是校護小姐暈倒的事情，她也算是當事人之一，雖然校護小姐被攻擊的時候，她實際上正在屋頂想盡辦法要將那犬妖拖到屋頂。

也因為這場混亂的關係，讓曉潔一直找不到機會將自己從黃春羽口中探知的事情告訴洪老師。

回家後一直到睡覺前，曉潔才接到了洪老師的電話，當然此刻的洪老師已經不存在了，而是一頭金髮的阿吉。

問題就在於透過電話交談，讓曉潔感到很混亂，腦海裡面同時浮現出了洪老師與阿吉的身影。

原本兩人之間，還有些語氣與慣用語的差別，因此不論何時曉潔的辨識都還沒什麼問題，偏偏今天親眼看到洪老師在學校屋頂時的模樣，根本就已經跟阿吉搞混了，此刻接起電話，更讓曉潔感到一陣前所未有的混亂。

不過這只是自己內心的感覺，曉潔仍然壓著這種不快感，向阿吉報告今天從黃春羽口中探得的結果。

阿吉那邊聽完了之後，沉默了一會才緩緩地說：「我對他們家搬遷祖墳這件事情有點在意，不過今天妳也看到了，纏上黃春羽的應該是個犬妖沒錯……」

「犬妖跟祖墳……」曉潔自言自語地說著：「好像很難聯想在一起。」

「我們實際上消滅的其實只是犬妖的氣，」阿吉繼續說：「如果不能找到它的本體，也就是怨的源頭的話，總有一天氣又會重新聚集，再度危害黃春羽的生命。」

「可是，」曉潔皺著眉頭說：「時間來說應該不會太快吧？至少春羽這陣子不會有什麼問題吧？我們應該還有些時間可以找尋那個源頭吧？」

「如果一直找不到源頭，」阿吉沉了臉說：「那麼我估計在很短的時間裡面，那些怨氣可能又會生出一隻新的犬妖。該怎麼說，我不知道到底為什麼那隻犬妖的怨氣會那麼重，不過我可以感覺到那股怨氣……異常的強。還記得我上次跟妳說的，那個爸爸有小三的事情嗎？」

曉潔回了「嗯」一聲。

「那時候，」阿吉說：「小三在自盡的時候，穿上了紅衣紅鞋，手上握著的就是那個爸爸全家福的照片。由於那個爸爸在跟小三談分手的時候，用的就是女兒當藉口，反而變成了好像都是那個女兒才會害得他們分開一樣，加上小三好像曾經為那爸爸生下過一個男孩，結果最後因病夭折。在這兩個因素底下，才讓她對那個女兒特別怨恨。」

曉潔聽完不禁搖頭，認為那爸爸真的是最差勁的男人。

這樣的怨恨，雖然不見得讓人可以接受，不過至少可以體會。

「不過，」阿吉搖搖頭說：「那一次的怨氣，都沒有這一次來得重。」

聽到阿吉這麼說，曉潔也沉下了臉，眉頭更是不自覺地皺了起來。

「雖然怨恨這種東西，」阿吉說：「我們不能全靠自己的感覺去解釋，但是某種程度上，應該還是會產生認同感。就好像當人家小三本來就比較理虧，而且仇恨的對象又是自己情人的小孩，這在她的心理甚至是潛意識裡面，多少會降低一些怨恨的程度，她恨，我們也能了解她的恨，但她和我們也都知道其實不該那麼恨，因為人終究還是有些許的理性存在。動物的話比較奇特，也比較少見，但是一旦出現，多半都很難化解，所以我們還是盡可能早點找到源頭才能真正安心。說到這個，可能需要妳再去打探一下，先前沒料到那個怨靈竟然會是犬妖，所以沒有特別跟妳提。一般來說，會被這樣的妖靈纏身，多半是虐待動物或者棄養之類的，雖然機率也不高，畢竟動物不像人類，比較沒有心機去累積怨恨。不過妳還是再去打探看看，看黃春羽有沒有養過寵物，尤其是養狗，當然這裡說的是過去養的，已經往生的。至於虐待方面……我想就算有她也不會說。」

聽到阿吉這麼說，曉潔不自覺地感覺到一點寒意。

真的嗎？那個有點天然呆，天生就很樂觀的黃春羽會虐殺動物？

雖然說「畫虎畫皮難畫骨，知人知面不知心」這件事情曉潔不可能不知道，但她實在很難想像自己的同學之中，會有虐殺動物的變態。

不要說實際上有沒有，光是用想像的，曉潔都覺得有點不寒而慄。

不過黃春羽被犬妖的怨靈纏身是不爭的事實，如果想要解開這個危機，就一定要去挖掘那個埋藏在黃春羽身後的祕密，這也是無可避免的。

因此曉潔也只能硬著頭皮，想辦法明天找機會再跟黃春羽聊聊了。

阿吉在電話中又交代了幾件要曉潔特別注意的事情之後，才結束通話。

那晚，曉潔輾轉難眠，除了意識到這個可能埋藏在黃春羽背後的祕密之外，最難受的還是好不容易以為對方已經放棄了，想不到對方還是對她們班伸出了惡毒的手。

每每想到這裡，曉潔就會在心中問著那個不知名的幕後黑手。

這麼做的目的到底是什麼？你到底想要什麼？

到底有什麼原因，會讓人對一群毫無抵抗的女高中生下這樣的毒手？

當然，這些疑問都沒有得到答案，而曉潔也抱著這些疑惑，慢慢進入了夢鄉。

翌日，太陽依舊從東方升起，學校的氣氛又再度回歸往昔。

沒有任何昨天曾經在屋頂跟犬妖搏命的痕跡，更沒有半點不安的氣息。

一切，就好像什麼事情都沒有發生過一樣。

昨天慌亂的氣氛在老師們之間銷聲匿跡，可想而知，早上的校務會議，想必是再三耳提面命要老師們對昨天的事情三緘其口。

每每有這樣的情況，都讓曉潔覺得自己好像得到了精神分裂症或是妄想症，發生的那一切都好像只是自己幻想出來的一樣。

因此，打從第一堂課下課開始，曉潔便立刻照著昨天阿吉所交代的那樣，找黃春羽閒聊。

因為只有這樣，曉潔才有辦法確定這一切不是自己的幻想，有種腳踏實地的感覺。

今天的黃春羽心情非常的好，與昨天兩人剛聊天的時候，黃春羽有點悶悶不樂的感覺完全不同。

聊天的過程可以說得上是相當愉快，不管曉潔轉到什麼話題，黃春羽都有話可以聊，曉潔甚至懷疑自己是否曾經看黃春羽這麼開心過？畢竟黃春羽一直都可以算是班上的開心果，本來就屬於比較陽光的女孩，但是今天的她，卻跟以往的她不一樣，就好像一個很喜歡聊天的人，沉默了好長一段時間之後，終於可以暢所欲言一樣，對每個話題都充滿了高度的興趣。

當然，曉潔也趁機照著阿吉昨晚所說的那樣，今天兩人主要的話題就圍繞在寵物這方面。

不過情況卻跟昨天一樣，黃春羽因為媽媽對貓過敏，進而不喜歡寵物，所以從小到大都不曾養過寵物，當然也沒有機會可以遺棄或者是虐待。一輩子最接近的寵物，只有爺爺家養過的一條老黃狗，不過在她很小的時候，老黃狗就因病過世，之後爺爺也沒有再養寵物了。

從黃春羽說話的樣子看起來，曉潔不覺得她有說謊，而這也讓曉潔更加不解，到底為什麼黃春羽會被一個怨氣極重的犬妖纏住？

在實際上接觸過後，曉潔才知道為什麼怨會那麼難纏的原因了，因為想要找到說不定連當事人自己都搞不清楚是怎麼招惹上的源頭，真的非常困難，更遑論他們現在得要旁敲側擊的推敲。

不過現在也只能盡人事聽天命了，該問的曉潔也問得差不多了，剩下的就交給阿吉去傷腦筋了。

然而曉潔萬萬也想不到，一場更大的災難，正悄悄地揭開序幕。

下午第一堂的國文課，陣亡率一向非常高，在午休過後，大家還睡眼惺忪之際，聽到洪老師那宛如唸經般的上課方式，真的會讓任何人都昏昏欲睡。

今天也不例外，課才上到一半，就已經有超過一半以上的同學紛紛點著頭，不然就是用手撐著頭，夢周公去了。

就連平常精神還不錯的曉潔，也因為昨天晚上沒有睡好，眼皮越來越沉重。

而就在這個時候，一個身穿著綠色制服的身影出現在窗邊，立刻讓同學們精神為之一振，甚至有幾個睡得比較熟，還沒發現的同學，也被坐在隔壁的同學拍醒。

窗邊的身影正是教官，教官停在教室窗戶外面看著洪老師，而洪老師此刻也「剛好」從課本中探出頭來，看到了教官。

教官揮了揮手，希望洪老師可以出去一下。

「我……」洪老師對班上同學說：「出去一下，妳們先自習。」

洪老師說完之後，便走出教室外面。

教官跟洪老師就站在教室門口交談，從兩人臉上的表情，加上洪老師頻頻轉頭看向教室裡面的模樣，曉潔知道似乎發生了什麼事情。

只見洪老師先是搖頭，跟教官似乎有著不同的意見，但最後還是點頭接受了教官的說法。

教室裡面的同學當然也都議論紛紛，不知道到底發生什麼事情了。

兩人講了一會之後，洪老師轉身打開教室的門，原本議論紛紛的同學們也立刻停了下來。

這時曉潔看到了洪老師的臉，她知道事情絕對不單純。

因為此刻的洪老師，雖然還是那副裝傻的模樣，但是以曉潔對他的了解，她看到了那些裝扮底下的阿吉，此刻正流露出一種懊惱的神情。

怎麼回事？

「楊、楊毓蘭，」洪老師結巴地說：「請妳出來一下。」

聽到洪老師這麼說，所有人都理所當然地將頭轉向楊毓蘭，在眾人的目光之下，楊毓蘭顯得有點膽怯、臉色蒼白，就好像做錯事的小孩一樣，站起了身，照著洪老師所說的話走出教室。

教室的門一關上，所有同學立刻又開始議論了起來，討論著教官找上楊毓蘭到底是為了什麼事情。

「那我就先請楊同學去教官室，」教室外面教官對洪老師說：「有什麼結果我會盡快告訴你。」

教官說完之後，領著楊毓蘭離開。

洪老師愣愣地點著頭，默默看著教官帶上楊毓蘭朝教官室去，雖然外表看起來沒什麼異常，可是此刻洪老師心中的阿吉正髒話連篇的痛罵著自己。

可惡！白痴！混蛋！怎麼會鬆懈到這種地步？

當然，阿吉情緒會那麼激動，不是沒有原因的。

因為，此刻看著楊毓蘭背影的阿吉非常清楚，事情恐怕已經到了無法挽回的地步了。

2

楊毓蘭這輩子可能都沒有這麼恐懼過。

在跟著教官來到教官室之後，教官板著臉問楊毓蘭：「妳應該很清楚自己為什麼會被我叫來教官室吧？」

楊毓蘭用力地搖了搖頭。

眼看楊毓蘭否認，教官緩緩地點了點頭說：「沒關係，我給妳一點時間想清楚，想清楚一點我們再說。」

教官說完之後，低下頭繼續忙自己的事情，將楊毓蘭晾在自己面前罰站。

當然，楊毓蘭不可能真的不曉得此時此刻自己為什麼會被叫到這裡來，可是她真正不解的是，為什麼教官會知道美術教室的事情跟她有關。

難道說……

楊毓蘭想到了在保健室外面與曉潔撞在一起的情景。

是曉潔指證的嗎？

不，不太可能。

雖然楊毓蘭跟曉潔也不是熟到可以推心置腹，不過看曉潔的樣子，雖然她好像常常跟洪老師有些互動，但怎麼樣也不像是會在後面捅同學一刀，直接向教官告密的人。如果說曉潔是跟洪老師講，自己還相信一點，可是從剛剛那個樣子，洪老師似乎完全不知情，所以應該不會是曉潔才對。

如果不是曉潔，那為什麼教官會知道是她呢？

跟一般的犯罪者沒什麼兩樣，楊毓蘭在這種情況底下，想到的是為什麼會被發現，教官到底掌握了什麼線索。

畢竟這很可能關係到自己的人生，蓄意破壞公物，如果學校要追究的話，記幾個大過加上賠錢不是沒有可能，更甚者說不定還會被退學。

一想到這裡，楊毓蘭說什麼也不想承認，尤其那個情況不是自己所能控制的，從某個層次來說，她真的是無辜的。

不過楊毓蘭也不會天真到寄望教官可以理解這一點，因此她能做的只有打死不認罪而已。

「如何？」教官沉著臉說：「想清楚了沒有？是不是有什麼事情要跟我說？」

面對教官這種裝模作樣，明明好像知道什麼，卻又等著對方自己承認的態度，楊毓蘭也只能拚命地搖頭。

「不要說我沒給妳機會喔，」教官凝視著楊毓蘭說：「如果妳現在不承認，到時候只會面對更嚴厲的制裁。」

聽到教官這麼說，楊毓蘭內心的確有點動搖了，但是要認下這種明明自己也是受害者的罪行，楊毓蘭說什麼也不甘心，因此她仍舊搖了搖頭。

想不到楊毓蘭一直堅持不肯認罪，教官也知道這樣下去不會有結果。

「在美術教室搞破壞的人，」教官冷冷地說：「妳敢說不是妳？」

楊毓蘭瞪大了雙眼，然後用力搖著頭說：「不，不是我！」

此時教官也有點火氣了，畢竟從昨天開始，美術教室的事情以及校護小姐的襲擊案件就已經夠讓她焦頭爛額了，她實在沒有心情在這邊跟惡劣的學生玩官兵捉強盜的遊戲，她只想要速戰速決。

「夠了！」教官用力地拍著桌子斥道：「不要在我面前演戲！我已經給妳機會了！既然妳不想承認，好！我就讓妳心服口服。」

教官室裡面還有其他學生與教官，此時聽到女教官這樣的怒斥，都紛紛轉過來，看了楊毓蘭一眼之後，才假裝沒事地轉回去。

「先來說說我們怎麼找到妳的吧。」教官臉上突然浮現出一抹不懷好意的微笑：「妳真的以為自己這樣隨便搞破壞就沒事了嗎？很可惜，妳在美術教室裡面留下了很多證據，妳自己難道不知道嗎？」

在說最後一句話的同時，教官將視線移到了楊毓蘭右手包紮著紗布的地方。

「妳在動手的時候受了傷，不是嗎？」教官一臉得意地說：「所以我特別交代了糾察隊，要她們今天將所有手上有明顯傷勢的學生全部記下來，這就是我找上妳的原因。今天所有學生之中，只有妳一個人手上有明顯的傷勢。」

教官從桌子下面拿出了一塊破裂的石膏，上面很明顯還殘留有已經乾掉的血跡。

聽完了教官的解釋，加上看到眼前這留下證據的石膏，楊毓蘭的臉只有變得更加蒼白，而且原本就沒有什麼犯罪天分的她，更是下意識地將自己包紮的右手藏到身後，這種種的小動作都完全看在教官的眼裡，她非常清楚自己並沒有抓錯人。

「只要進行簡單的比對，」女教官繼續對楊毓蘭發動攻勢：「就可以查出是不是妳做的，怎麼樣？妳有什麼話說？」

當然，要進行這樣的比對，通常都必須要是嚴重的案件才有可能，像這種頂多只能算是嚴重的惡作劇，除非學校堅持提告，否則根本不必驚動到警方。

問題就在於這對楊毓蘭來說，的確是難以辯駁的鐵證。

她非常清楚，那些血跡是自己留下來的，如果真的要加以比對的話，那麼結果肯定跟她的血跡吻合。

「不講話是怎樣？非得要鬧到警局去妳才肯承認嗎？說話啊！」女教官大聲斥道。

楊毓蘭被女教官這突然的一聲大斥，嚇到身子一震，本來就已經感到十分恐懼的她，淚水也因此奪眶而出。

當然，這些淚水不單單只因為恐懼，還有滿滿的委屈。

她不明白自己為什麼一定要對這樣的事情負責。

不過事到如今，楊毓蘭知道自己只剩下坦白一條路可以走了，把自己最近的情況，全部告訴教官。

不過，萬一教官不相信呢？萬一教官認為，這是自己為了脫罪才想出來的藉口，自己的情況不會變得更糟糕嗎……

就在楊毓蘭這麼想的時候……

媽的！真讓人不爽！

怒火彷彿從心中深處引爆的炸彈，暴風從下往上竄起，瞬間襲向楊毓蘭的腦袋，佔據了她的一切。

她知道，自己又要失控了。

「快說啊！」這時教官指著楊毓蘭罵道：「為什麼要這麼做！敢做就要敢當！說話！」

教官每吼一聲，楊毓蘭臉上就會跟著露出驚恐的表情。

看著楊毓蘭從頭到尾都是這樣怯懦的態度，教官非常清楚，眼前這個小女生只是個沒見過世面的女孩。說不定自己再狠一點，她會連小時候偷過多少錢都全盤供出。

她當教官也不是兩三年，再頑劣的學生都遇過，更何況是對付這種小綿羊。

就在教官覺得自己把楊毓蘭吃得死死的時候，楊毓蘭突然仰起了臉，然後用一臉不屑的表情說：「哼！看妳踐個二五八萬的，教官了不起啊？沒看過壞人是不是！」

想不到楊毓蘭會突然耍起流氓，教官先是一愣，然後情緒還沒上來，拍了一下桌子，才正準備破口大罵，猛一抬頭，只見眼前一黑，楊毓蘭的一隻手就這樣抓住了教官的臉。

還搞不清楚怎麼回事的教官，才剛想到要反制，手卻連舉都還沒舉起來，就聽到四周傳來其他教官與學生的叫聲，接著教官只感覺到那隻抓住自己頭顱的手有著異常的力道，接著整個身子就跟著飛了出去，在身體重重地撞上牆壁之前，可憐的教官早已暈過去了。

教官室頓時陷入一陣騷動，學生們四處逃竄，幾個教官上前準備壓住這個突然襲擊教官的女學生。

而在這一片混亂之中，楊毓蘭的嘴角卻是緩緩地上揚。

3

下課鐘聲響起。

洪老師幾乎可以說是慌張地離開了教室，自從教官帶走了楊毓蘭之後，雖然洪老師表面上沒什麼異狀，也沒有跟班上同學做任何說明，不過從很多小地方都可以看得出洪老師的內心慌了，可惜，全班有這樣的觀察力，可以察覺出洪老師不對勁的人，就只有曉潔一個而已。

楊毓蘭一定出事了，而且她出的事，很可能不是什麼違反校規之類的小事，而是跟另外一個世界有關的事情。

除了黃春羽的怨之外，還有別的麻煩？

一想到這裡，曉潔不免覺得有點頭痛，畢竟她跟阿吉都還在為了找尋怨的源頭而苦惱，另外一個麻煩就又接踵而來。

因此下課鐘聲一響，不只有洪老師慌張地離開教室，曉潔也跟著跑出教室，希望可以追上洪老師問個清楚。

曉潔非常確定，打從教官帶走了楊毓蘭之後，洪老師便有點心神不寧。

只是曉潔快，洪老師更快，才剛走出教室就已經看不到洪老師的身影了。

不過就目前的情況來說，洪老師最有可能去的兩個地方，一個是回教師辦公室，另一個就是去教官室。

曉潔立刻跑下樓，來到了教官室跟教師辦公室所在的二樓，跑出樓梯間，眼前就是一個分歧點。

往左手邊去是教師辦公室，往右手邊過去則是教官室，曉潔就這樣停在分岔路口猶豫了一下。

此時下課鐘聲已經響完，不管是學生還是老師都紛紛從教室裡面出來，走廊上很快就充滿了學生跟老師的身影。

到底是該先去教師辦公室看看洪老師有沒有在裡面，如果有，就問清楚到底發生什麼事情，還是應該先去教官室看看情況，說不定洪老師也在那邊？

就在曉潔猶豫的當下，內心突然揪了一下，一開始她還搞不清楚到底怎麼了，過了一會，才感覺到事情好像有點不對勁。

曉潔轉向右邊，朝通往教官室的走廊看過去，人來人往的師生，整條走廊熱鬧極了。

而就在這看起來一切都很正常的景象中，遠處似乎有著什麼，不過因為人多又吵雜的關係，曉潔並沒有辦法清楚得知，只知道那邊似乎發生了什麼事，好像有人在叫，感覺有點怪。

曉潔睜大了雙眼，微微踮起腳尖，拉長脖子，希望可以看得更清楚一點。

在萬頭攢動的走廊上，曉潔依稀看到遠處有著不尋常的動靜，不只如此，耳朵也聽得到在一片吵雜聲之中，夾雜著有點節奏的尖叫聲響。

然後，這些景象跟聲音，越來越靠近，越來越大聲，而曉潔的雙眼也越睜越大。

「哎呀！」

「喔！」

「哇！」

隨著這些叫聲，總會有些人影突然消失在這人來人往的走道上，而這時注意到異狀的人也不再只有曉潔一個，身後另一邊的走廊也有些學生轉向了教官室的方向。

到底是怎麼回事？

就在曉潔納悶與不安的同時，她終於看到比較清楚的情況了，只見原本遠處有幾個站在走廊中央的同學，突然快速地朝兩邊分開，似乎有什麼東西衝過來，而且速度好像還挺快的。

在前面已經注意到情況的同學，這時也紛紛朝走廊兩邊避開，而那些沒有注意的同學，沒多久後就會以不合常理的速度朝兩旁被沖散開或者消失。

那樣看起來就好像有一輛疾駛而過的車子，正高速行駛在人煙眾多的道路上一樣。

問題是這裡是學校走廊，又是二樓，哪來的車子啊？

隨著前面不遠處的同學被撞飛，曉潔終於看清楚，那個宛如「車子」一樣把同學撞飛的東西是什麼了。

那哪裡是一台車啊！根本只是一個人，而且還是曉潔認識的人。

那人正是上一堂課被帶去教官室的同學——楊毓蘭。

楊毓蘭以幾乎是跑百米的速度快走，筆直地朝曉潔這個方向而來，一路上完全無視其他同學，只要是擋住她的人，最後的下場全部都是被撞飛，彷彿在打保齡球般，楊毓蘭就好比那顆保齡球，而那些同學則是站在球道最後等著被保齡球擊飛的球瓶。

「抓住她！」在一陣尖叫聲中，一個教官從後面追趕著楊毓蘭並且對走廊上的同學叫道。

聽到教官這麼叫，有幾個注意到異常狀況並且已經朝兩旁避開的同學，剛好跟楊毓蘭擦身而過，便順勢伸手想要抓住她。

這些同學的下場幾乎如出一轍，手才抓到楊毓蘭，不是被甩開就是被撞開，其中一個同學還因為抓得比較緊，整個人被楊毓蘭拖了兩三步之後，才狼狽地摔倒在地上。

而在這整個過程之中，楊毓蘭幾乎沒有改變自己的行進速度。

曉潔作夢也沒想到楊毓蘭有這麼大的力量，不過真正讓曉潔感覺到詭異的是楊毓蘭臉上的表情。

楊毓蘭眉頭深鎖，雙目圓睜，臉上有一種執著又憤怒的表情，看起來就好像是要去尋仇一樣。

就在曉潔訝異地看著楊毓蘭的模樣之際，楊毓蘭又一連撞倒了幾個同學，並且距離曉潔只差幾步路了。

「快點抓住她啊！」趕在楊毓蘭背後的教官氣急敗壞地叫道，這才讓曉潔回過神來。

面對即將走過來的楊毓蘭，曉潔慌了，伸長雙手想要阻止楊毓蘭，卻又擔心這樣的撞擊之下會變成兩敗俱傷，因此雖然伸長了手想要阻止，腳步卻不自覺地向後退，結果一個踉蹌，還沒等楊毓蘭撞上自己，曉潔已經一屁股坐倒在地。

而楊毓蘭這邊則完全無視曉潔的存在，快步走過了曉潔身邊，到了樓梯口之後，才突然轉身朝樓上揚長而去。

曉潔先是愣了一下，然後才趕忙從地上爬起身來，朝楊毓蘭追了上去。

4

雖然還不清楚楊毓蘭發生什麼事情，不過當下曉潔還是決定追上去。

然而楊毓蘭並沒有邁開步伐奔跑，光是用快步走的就已經讓曉潔追得上氣不接下氣。楊毓蘭一口氣爬到六樓，曉潔也緊追在後，除了曉潔之外，後面還有一個教官一拐一拐地追在兩人之後。

沒有給後面的追兵太多喘息的機會，此刻的楊毓蘭不但力量過人，就連體力也令人訝異的好，一口氣爬了四層樓卻完全沒有疲勞的感覺，繼續維持著剛剛的速度快步前進，一路朝六樓走廊深處而去。

曉潔才剛上到六樓，就看到楊毓蘭已經到了另外一側走廊深處，幾乎快要走到廁所了，過了廁所之後再經過教具室就只剩下通往屋頂的樓梯了。

怎麼回事？為什麼最近大家都喜歡往屋頂跑啊？

就在曉潔這麼想的同時，廁所外面突然閃現出一個人影，並且朝楊毓蘭用力一撲，兩人一起撞入廁所對面的視聽教室。

原本還以為就要追不上的曉潔，看到這一幕完全傻眼了。

這到底是什麼情況？

曉潔不敢鬆懈，趕忙跑到視聽教室旁門口，一打開門就看到一個男人趴在楊毓蘭身上，將楊毓蘭壓制在地。

定睛一看，那男人不是別人，正是楊毓蘭與曉潔的導師洪老師。

楊毓蘭被洪老師壓在地上，整個人還是不停掙扎，眼看就快要被掙脫了，曉潔立刻想要上前幫忙。

「別過來！」洪老師對曉潔叫道：「去阻止教官！」

聽到洪老師這麼說，曉潔反而一時愣住了，這可是比對付好像發瘋般的楊毓蘭更困難的事情，畢竟曉潔只是個學生，教官最好會因為一個學生的阻止就不過來。

不過聽到洪老師這麼說，曉潔還是往後退到門口看了一眼，只見教官正朝著這邊過來。

「怎麼阻止？」曉潔著急地問。

「說楊毓蘭挾持我，」洪老師吃力地說：「他們過來我會有危險。」

「啊？」曉潔張大了嘴。

這時的楊毓蘭身子一扭，將洪老師反過來壓倒在地上，洪老師拚命扣住楊毓蘭的手，曉潔完全找不到機會辯駁，眼看著教官越來越接近，曉潔也只能硬著頭皮上了。

「別過來！」曉潔對教官叫道：「小蘭抓住洪老師了！」

教官聽到曉潔這麼叫，愣了一下。

「啊？」教官臉上露出疑惑的表情：「哪個洪老師？」

「就是我們班的導師，洪旻吉老師，」曉潔叫道：「她抓住洪老師，然後要我告訴教官，如果有任何人接近的話，她就要對老師不利。」

雖然曉潔說得振振有詞，但此刻的她頭皮卻是一陣酥麻，曉潔可以說是徹底體會到玩梭哈的人偷雞是什麼樣的感覺了。

想不到聽見曉潔這樣說之後，教官還真的不敢再靠近了。

事實上，教官一時之間也不知道自己該怎麼辦才是，因此有點進退兩難的模樣。

意外成功地阻止了教官，曉潔稍微瞄向視聽教室裡面，只見兩人這時已經不是在地上纏鬥，雙方都早已站起身來，而在曉潔看過去的時候，楊毓蘭正朝洪老師撲過去，洪老師向後一退，順勢抬腳踢向楊毓蘭的下巴，就這樣重重地踢中了楊毓蘭。

但是楊毓蘭卻好像沒有痛覺一樣，只被洪老師這一腳踢退了一步，立刻又朝洪老師而來。

洪老師這邊並沒有因為楊毓蘭的瘋狂進攻而亂了手腳，踢退楊毓蘭之後，他立刻伸手到自己的嘴邊，咬破手指，楊毓蘭再次撲了過去，洪老師一蹲，腳順勢一勾便將楊毓蘭絆倒在地。

倒地的楊毓蘭仍舊不死心，正準備翻起身來繼續頑強抵抗的她，才剛起身，就被洪老師一掌打中了頭頂。

這一掌看起來比剛剛那一腳還來得輕，原本曉潔還以為這絕對無法阻止楊毓蘭的瘋狂行徑，卻想不到楊毓蘭被這一掌打中之後，整個人先是一愣，然後雙眼一閉，身子一軟，竟然就這樣暈過去了。

眼看楊毓蘭似乎被制伏了，洪老師卻完全沒有鬆懈的感覺，反而是雙手扠著腰，遊走在倒地的楊毓蘭旁邊，一邊彷彿在咒罵著什麼的模樣。

「噗嘶、噗嘶，」另外一邊的教官用氣聲暗示曉潔：「同學，情況怎麼樣了？」

曉潔沉下臉搖搖頭，用手刀比了比自己的脖子，示意教官洪老師仍然被挾持中。

教官雖然很想要衝過來親眼確認情況，但是看到曉潔這樣，也不敢貿然靠過來，只能留在原地，一雙眼睛緊緊地盯著視聽教室的門，一點辦法也沒有。

看到教官這樣的反應，不免讓曉潔覺得有點哭笑不得。

轉過頭去再看向視聽教室，才剛一轉就看到洪老師對著自己揮手，示意要她進來。

「那個……」曉潔轉向教官說：「楊毓蘭好像想說什麼，我進去看看，順便勸她放過洪老師。」

聽到曉潔這樣說，教官也不能怎麼樣，只能眼睜睜看著曉潔走進視聽教室裡面。

才剛走進視聽教室，曉潔都還沒開口抱怨，洪老師已經先開口了。

「我早就猜到會有狂了，」洪老師一臉不甘願地比著躺在地上的楊毓蘭說：「明明就已經有準備了！可惡，還是讓這件事情發生了！媽的！」

完全不知道發生什麼事情的曉潔，聽到洪老師這麼說，也大概猜想到了。果然事情朝著最壞的地方發展了，班上的同學不但惹了怨，現在又多了狂。只是對曉潔來說，她完全不能想像，洪老師心中的阿吉此刻有多麼自我怨恨。畢竟在這十二種靈體之中，阿吉最不想遇到，也最忌諱的就是狂了。

「所以，」曉潔皺著眉頭問：「小蘭是被狂纏身？她之所以會像發了瘋一樣，就是因為狂？」

洪老師緩緩地點了點頭。

「那我們現在該怎麼做？」

這對曉潔來說，是個非常理所當然的問題，因為不管是什麼樣的靈體，阿吉都有辦法應付，因此雖然知道楊毓蘭被狂上身讓曉潔有點沮喪，不過她還是相信阿吉一定有辦法解決才對。

可是這一次，洪老師卻陷入了沉默，只是看著楊毓蘭。

「在我知道我們可能被盯上了之後，」過了一會之後，洪老師沉著臉說：「我最擔心的，就是這個了。」

「這個？你是說……狂？」

「嗯，」洪老師點了點頭說：「在這十二種靈體裡面，我最不想遇到的就是狂。」

這點曉潔完全不清楚，不過不管怎麼說，聽到洪老師這麼說，絕對不是什麼好事。

「狂如種，」洪老師說：「扎根於魂，根深則人狂。這就是在說狂的特性，就好像種子一樣，一旦找上了人，就會扎根。隨著被狂靈所影響的程度，也有不同的解決之道。一層刨種，二層掘根，三層……則滅人，必除之以絕後患。這就是狂最恐怖的地方，一旦進入第三層就沒救了。到時候為了防止她傷害其他人，最好的辦法就是殺了她。」

聽到洪老師這麼說，曉潔的臉色也變得鐵青。

「那麼小蘭現在到第幾層了？」

「在第一層的時候，」洪老師解釋道：「可以用一些法器來探測，除了偶爾失神，偶爾會有些莫名其妙的情緒起伏之外，對人沒有太大的影響，這是在種的階段。而到了第二層，乃至第三層，就會像楊毓蘭一樣，整個人都被狂所控制，呈現像這樣瘋狂的行為。所以就目前的情況看來，楊毓蘭至少已經到第二層，這就是我懊惱的地方。」

洪老師說到最後，臉上也真的浮現出懊悔的表情，這是曉潔從來沒見過的模樣，不管是阿吉還是洪老師。

「怎、怎麼說？第二層不是還有救嗎？」

「我擔心的是，」洪老師搖搖頭說：「我們說不定已經錯過可以救她的時機了。」

聽到洪老師這麼說，曉潔突然想到，前天在保健室外面，楊毓蘭撞到自己後，頭也不回地逃離的景象，的確有點異常，如果那個時候自己細心一點，把這個情況告訴阿吉的話，情況說不定就不會演變成現在這樣。

就在這麼想的同時，曉潔的心中也浮現出懊悔之情。

明明這段時間都已經那麼注意了，想不到這幾天都掛心在黃春羽身上的怨，導致曉潔完全忽略了其他同學的異狀。

「不行！」洪老師用手摸著下巴說：「我們必須先想個辦法。如果楊毓蘭被抓了，肯定會送進醫院，到時候就更難救了。」

「我們沒辦法現在救嗎？」

「沒辦法，」洪老師搖著頭說：「我現在連她到第三層了沒都測不了，一定要先想辦法……」

洪老師看了看四周，然後走到窗戶邊看了一眼，又看了看門口，斟酌思考了半天才做出決定。

「我看這樣好了，」洪老師說：「我們等等放了她，然後我假裝昏倒，妳就跟教官說她把我打昏之後逃逸好了。」

「要怎麼放？」

這裡是六樓，門口又有教官守著，就算想要放了楊毓蘭，恐怕也有難度。

「我們先把楊毓蘭藏在後面的桌椅，」洪老師說：「然後我們再把窗戶打破，製造她破窗而逃的假象，我假裝昏倒，妳把教官引來……」

就在洪老師這麼說的同時，身後緩緩地浮上一個人影，曉潔也沒注意到，只是專心聽著洪老師的計劃，聽到後來覺得不妥而搖搖頭。

曉潔正打算說「這可能很難騙過教官吧」，結果話還沒說出口，就看到了那個已經站在洪老師身後的人影。

「不要這樣看我，」用眼角餘光瞄到曉潔臉色有異常，洪老師無奈地說：「我知道這個說詞很冒險，不過現在也只能這樣做了，真的是不得已的，我根本沒有道具可以收服它啊。」

「不是！」曉潔指著洪老師背後叫道：「後面！」

洪老師會意過來，正準備轉頭，後腦就被重重地一擊，整個人向前一撲，連同曉潔一起撞倒在地上。

醒過來的楊毓蘭就這樣一拳將洪老師打暈過去，就算洪老師把視野練得再廣，腦袋不長眼，正後方還是死角，一不注意被得逞，也是會像這樣被 K.O. 的，曉潔也因此嚇到叫了出來。

原本還以為楊毓蘭會乘勝追擊，想不到她卻突然轉身，朝著窗戶衝過去，「匡啷」一聲，竟然就這樣破窗跳了出去。

還倒在地上的曉潔完全沒想到楊毓蘭會這樣跳樓，大叫了一聲：「不要！」可是這時已經看不到楊毓蘭的身影，曉潔拚命推開暈倒在自己身上的洪老師，趕忙站起來跑到窗戶邊查看。

只見楊毓蘭宛如蜘蛛人一樣，跳到窗戶之間的水管，一路朝樓下爬下去，轉眼間已經著地。

J女高原本就沒有學校外牆，因此楊毓蘭著地之後，就已經是在校外了，曉潔也只能眼睜睜看著楊毓蘭一路朝東邊跑去，一直到完全看不見她的身影為止。

「怎麼了！怎麼了！」

等在外面的教官因為聽到曉潔的尖叫聲以及窗戶破掉的聲響，再也按捺不住，衝進視聽教室。

而在看到教官衝進來的同時，曉潔這才發現，一切都有如洪老師所計劃的一樣，只是差別在於這一切，都真的發生了。

第5章・殘怨

1

那張少女的臉，直到現在阿吉都沒有忘記。

少女有張清秀的臉龐，但是阿吉見過的兩次，卻都不是這般模樣。

少女雙目上吊，齜牙咧嘴，嘴角還流著唾沫，被親屬五花大綁在屋裡的柱子上。

才剛跟著師父呂偉道長走進門，當時還年幼的阿吉就被女子駭人的模樣給嚇到奪門而出。

這是阿吉人生第一次面對狂，那少女的模樣也深深烙印在阿吉的腦海之中。

那時的少女已經被狂扎根到了第二層末期，隨時都會進入無法逆轉的第三層，因此呂偉道長立刻開始掘根的工作。

當然在呂偉道長進行掘根斷狂的階段，按照慣例阿吉會在一旁跳鍾馗鎮場面。

為了讓跳鍾馗的效力發揮，阿吉並不是隨便在旁邊找一塊空地就可以跳，而是需要看方位的。

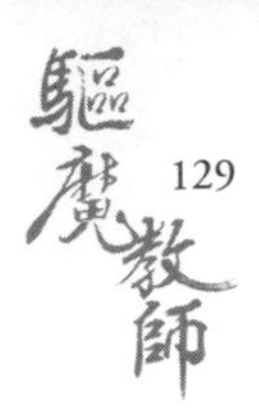

而當晚的方位，好死不死就在那少女被綁的柱子之前。

因此阿吉就必須站在少女的正前方，跳他最熟悉的鍾馗。

這可能是年幼的阿吉有史以來最驚心動魄的一次跳鍾馗，當時身高只到少女腰部附近的阿吉，有如一塊肥美的牛排，而少女就好像飢餓已久的野獸，一直想盡辦法要去抓阿吉，而那綁住少女的繩索不管怎麼看都不是很牢固，因此阿吉一直跳得提心吊膽，甚至一度還踏錯了腳步，差點把事情搞砸了。

不過最後在呂偉道長跟阿吉的合力之下，兩人還是順利將狂從少女身上抽離，而當時將狂抽離的畫面，阿吉也印象深刻。

因為根扎得太深，幾乎就已經快要拔不出來了，因此呂偉道長一個人不夠力，就連阿吉也下來幫忙。

兩人緊緊抓住了皮鞭的一端，試圖將狂靈從少女身上拔出來，阿吉甚至退到了門外，整個人踩在外牆上，當真是使盡了吃奶的力量才將狂靈拔出來。

一拔出來，阿吉就因為失去了反方向抗衡的拉力，整個人向後飛了出去，重重摔倒在地上，痛得他哇哇大叫。

不過真正讓阿吉印象深刻的，是那從狂中解放出來的少女的臉。

少女的臉孔從極度的瘋狂，慢慢和緩下來，然後陷入一段時間的空白，愣在原地完全沒有反應，接著，少女扁起了嘴，最後開始放聲痛哭、痛苦哀號。

呂偉道長告訴阿吉，少女真正艱苦的道路現在才開始。

當然，當時年幼的阿吉完全不能理解這些話裡面的涵義。

不過這條艱苦的道路，少女並沒有走很遠，三天後，呂偉道長再次接到少女家屬的來電，表示少女已經自殺了。

在少女的家屬找上呂偉道長之前，少女已經被狂所控制，還因此殺害了最疼愛她的雙親，狂抽離之後，少女回憶起自己所做過的事情，她非常清楚自己所犯下的罪行，受不了內心折磨的她，最後決定結束自己的生命。

而這還不是唯一一件阿吉經歷過關於狂的悲劇，事實上，幾乎所有跟狂有關的案件，最後都沒有太好的結果。

還曾經有過一個案件，阿吉與呂偉道長兩人順利在狂還沒有埋得很深，還在第一層的時候就已經將狂抽離，可是在狂抽離之後，那人最後還是發了狂，殺光自己的家人之後自殺。

這就是為什麼狂的口訣一開始便開宗明義說道「狂如種」的原因了。

一旦播下了狂之種，不同的人便會結出不同的果，即便狂已離身，種子依舊可能在人的心智中開花。

這個，就算是呂偉道長也沒辦法救。

這便是阿吉最討厭狂的原因了。

2

「你真的該去拜拜了。」

才剛睜開雙眼，阿吉就聽到其中一個教官這麼對他說，雖然很明顯是說笑，但是教官的臉上卻完全看不到半點笑意。

阿吉的後腦還殘留有被楊毓蘭襲擊過後的痛楚，意識也還有點模糊，不過他很清楚自己現在人應該還是在學校的保健室，而自己的身分還是洪老師。

保健室裡面除了教官跟校長、主任，以及一個被嚇壞的校護小姐之外，還多了一些讓洪老師感覺到不妙的人員。

他們是穿著制服的員警，而他們的出現也意味著事情已經超過自己所能控制的範圍了。

「這位就是這三起事件的第一目擊者，」教官對員警介紹洪老師：「同時他也是那位楊同學的班導師，洪旻吉老師。」

在楊毓蘭破窗逃逸之後，教官與學校上層認為這件事情已經不再是學校單方面可以處理的案件，因此決定報警請求協助。

主要的考量當然還是楊毓蘭的精神狀況不穩定，目前又下落不明，加上已經有老師因為這樣受傷，因此希望可以透過警方的協助，早日將她帶回來。

員警抵達之後，教官就已經向員警解釋過這兩天來的三起事件，這三起事件分別是美術教室被破壞、校護小姐遇襲以及挾持洪老師事件。

而除了第一與第三起案件都確定是楊毓蘭所為之外，第二起事件由於校護小姐受到的驚嚇太大，而不確定凶手是誰，不過教官很理所當然地認為楊毓蘭涉有重嫌。

洪老師醒來的時候已經是放學時間，大部分的學生都已經離開了，由於是案件的重要關係人，因此雖然洪老師不太願意，不過還是得要配合警方調查。

另外也由於洪老師是三起案件的目擊證人，因此警方有一大堆問題等著洪老師解答。雙方幾乎可以說是纏鬥了一個多小時，等到天色都暗了，才結束洪老師這邊的偵訊。

這對心急如焚的洪老師來說，真是一場痛苦的煎熬。

好不容易熬過了警方的訊問，洪老師立刻以身體不舒服為由，希望可以回家休息。洪老師也婉拒了去醫院做檢查的勸告，幾乎可以說是用逃的逃出了學校。

因為時間對現在的洪老師來說，非常、非常珍貴。

雖然這樣的行為不免讓其他人非議，但是現在的洪老師已經沒有辦法考慮那麼多了。

匆忙離開學校，在趕往停車場的路上，阿吉感覺到無比的憤怒與著急。

這很可能是他教師生涯最糟糕的一天，甚至可能對他的教師生涯有決定性的影響。

不過這些都不是阿吉現在需要傷腦筋的，他有兩個學生正陷入水深火熱之中，雖然黃春羽暫時不算有危險，可是楊毓蘭這邊卻非常危急。

阿吉非常清楚，他必須在楊毓蘭還沒有做出任何無法挽回的事情之前找到她，並且把她身上的狂抽離，否則就算楊毓蘭最後順利抽離狂靈，她還是得要為這段時間的所作所為負責。

而且現在還有更糟糕的一點，那就是警方也在找楊毓蘭，如果不能趕在警方之前，一旦楊毓蘭被警方逮捕，情況可能就真的無法挽回了。

總之，時間絕對不是站在阿吉這邊，這一點阿吉非常清楚。

因此他快步走入停車場之後，幾乎是用衝的衝到廁所裡面，然後用比平常還要快一倍的速度，脫下所有洪老師的偽裝，並且趕到了自己的跑車旁邊，跑車旁站著一個熟悉的身影，那個人不是別人，正是從放學一直等到現在的曉潔。

3

「如果不能趕在警察，或者是楊毓蘭做出無法挽回的事情之前找到她，那麼就算狂靈還可以抽離，可能也來不及了。」

上車之後，阿吉這麼告訴曉潔。

對他們兩個來說，現在首要之急，就是要先想辦法找到楊毓蘭。

「可是，」曉潔皺著眉頭說：「人海茫茫要上哪裡去找啊？她現在如果真的陷入瘋狂，應該也不會回家吧？」

「放心，」阿吉說：「我哥在視聽教室定住楊毓蘭的時候，已經在她頭上打了追蹤印，只要她不擦掉，我們就有辦法找到她。現在只怕我哥暈倒的時間太長，時間拖得太久，可能已經有點來不及了。」

即便是在這種緊急的時刻，阿吉仍然不忘稱呼自己在學校的身分為哥哥，這種貫徹到底的精神，曉潔都不知道是該佩服還是該搖頭了。

「所以我們現在就是朝小蘭所在的地方去？」

「不是，」阿吉搖搖頭說：「我們得先回么洞八廟一趟，我什麼工具都沒帶，也沒辦法追蹤啊。」

「情況還可以更糟嗎？」曉潔洩氣地搖著頭說。

「倒也不是只有壞消息啦，」阿吉聳了聳肩說：「雖然我沒有工具可以對楊毓蘭進行測試，不過她會逃，就表示還沒扎完根。狂扎根需要很長的時間，楊毓蘭很可能在一兩個月前就已經被狂纏身了，只是我哥都沒有發現。如果情況已經到了沒辦法收拾的地步，妳跟我哥當時可能就走不出視聽教室了。」

「事實上，」曉潔斜眼看著阿吉說：「嚴格說起來只有我一個人走出視聽教室，你是被扛出來的。」

「……那個是我哥啦，是我哥被扛出去的。」

「知道啦。」曉潔有氣無力地說，眼下實在不想跟阿吉再討論這個萬年老問題。

「對了，」阿吉問：「妳今天問黃春羽的情況如何？」

「非常順利，」曉潔側著頭說：「不知道為什麼她今天一直找我，而且心情好像很好，說昨天跟我聊過之後，對她很有幫助，雖然我也不知道她在說什麼幫助，不過雖然聊得很順利，我還是覺得好像沒有什麼可疑的地方。」

接著曉潔將今天從黃春羽那邊打探出來關於寵物的事情告訴阿吉。

「嗯，」阿吉聽完之後點了點頭說：「整體情況來說，怨那邊是比較不緊急了，畢竟氣才剛散，不過有件事情可能需要跟妳說一下。」

阿吉說到這裡停頓了一會之後，才緩緩地說：「……就是啊，如果不解決怨的根源，最終不只有黃春羽一個人會有危險，我們兩個可能也逃不過。」

「啊？」

「嗯，因為我們不但阻撓它，」阿吉點著頭說：「嚴格說起來還打傷了它，以怨生怨，這是怨靈之所以被列為中階的原因。一般的靈體頂多只對付它一開始鎖定的人，但是怨不一樣，怨靈很會遷怒，誰惹到它，它就會把誰加入狩獵名單中，而且被怨所殺之人，也有一定的機會成為新的怨，衍生性非常強。所以我們現在也被捲入了，如果放著不管的話，它遲早也會找上我們的。」

「那還真是謝謝你分享了這個消息給我知道啊。」曉潔白了阿吉一眼。

雖然說，即便知道了這一點，在那個當下曉潔可能還是會幫黃春羽，但是不管怎麼說，曉潔還是希望自己有點選擇的權利，哪怕最後的結果不會改變。

「不過現在最重要的還是找到楊毓蘭，怨的問題，要等找到楊毓蘭之後才能去管了。」

就在阿吉這麼說的同時，紅色的跑車彎入巷道，來到了那棟熟悉的建築物前廣場，緩緩地停了下來。

車子停下之後，阿吉要曉潔在車子裡面等一下，他進去準備東西。

只是出乎曉潔意料之外的，阿吉並沒有花太多時間，甚至連平常最騷包的閃亮亮金黃色道袍都沒有穿，只拿了一大袋的東西就回來了。

阿吉從袋子裡面拿出一個鐵盤，然後要曉潔端著，接著又從袋子裡面拿出一袋硃砂粉，把它全部倒在鐵盤裡面將硃砂粉鋪平。

緊接著阿吉又從袋子裡面拿出了一個風水師常用的羅經，將它放在鋪滿硃砂粉的鐵盤上面，小心地把羅經調整到鐵盤的正中央。

這時曉潔才注意到這個羅經跟其他的羅經有點不太一樣，在羅經的上面，有一根小小的鐵條懸在空中。

就在曉潔還在納悶那根鐵條的作用時，阿吉又拿出了一個針線包，從針線包拔出一根已經穿好線的針。

阿吉沾了點口水，抹了些硃砂粉，將融化的硃砂抹在針尖上，並且將針綁吊在羅經的那根鐵條上。

「這根針會跟楊毓蘭身上的追蹤印呼應，指向楊毓蘭所在的方向，」阿吉停頓了一會之後說：「……只要楊毓蘭沒有把追蹤印擦掉的話。」

阿吉說完之後，將跑車發動準備好，然後兩人四隻眼睛全部都盯著曉潔手上托著的那根指針。

那根指針卻沒有半點異狀，慣性地微微搖晃著，沒有什麼反應。

這讓曉潔不禁懷疑這東西真的可靠嗎？該不會小蘭早就已經把那個印給擦掉了吧？不過阿吉卻仍然一臉堅定地瞪著那個指針，曉潔也不方便說什麼。

或許這玩意也需要暖機吧？給它一點時間看看。

當然，這玩意可不可靠阿吉自己最清楚，只是此刻在阿吉心中，全部都是揮之不去的陰影，那些過去處理過的狂的回憶，讓阿吉實在樂觀不起來。

如果生命之中，只能有一次機會，遇到狂能全身而退，那麼阿吉肯定會賭在這一次。一次就好，至少讓我的學生全身而退吧！

就在阿吉這麼在心中想著的同時，指針突然搖晃了起來，然後略微朝東北方向偏移，並且固定在空中，就好像有人在拿著磁鐵吸它一樣。

「有了！出發！」阿吉叫道，並且立刻轉動方向盤，朝著指針所指的東北方而去。

就在曉潔與阿吉順著鐵盤上的指針出發的同時，坐在自己臥室書桌前的黃春羽，發現自己臉上不自覺地掛著一抹微笑。

即便已經過了一天，黃春羽的心情還是非常好，彷彿久病初癒的人一樣，終於享受到具有品質的生活。

過去幾個禮拜的那種感覺，就好像是惡夢一場。

昨天跟曉潔暢快地聊過天之後，下午的時候就這麼突然，那種視線感就消失了。

果然人家說「紓壓最好的方式就是開口將自己的煩惱說出來」，這樣的話不是沒有道理的，在將煩惱說出口的同時，實際上就是一種解放壓力的方法。

就在黃春羽這麼想的時候，身後緩緩地浮現出一個巨大的黑影，而還樂在其中的黃春羽一點也沒有發現。

第6章・掘根

1

曉潔專注地看著羅經上面懸著的那根針，指示著開車的阿吉該前進的方向。

偏偏這樣的追蹤法，並不是項精密的科學，不可能像 GPS 一樣，快速精準地找到楊毓蘭的位置。

另外就是雖然有這樣的追蹤法，阿吉也非常清楚，兩人其實並沒有多大的優勢。因為就好像鍾馗派師父們自古以前就知道，想要找尋狂的下落，最原始的方法，就是順著尖叫聲走。

因此警方那邊可能根本毫不費力，光是靠報案電話就可以找到楊毓蘭的下落。

兩人在市區繞了一大圈，然後才離開市區往郊區而去。

一路上阿吉一直都板著一張臉，直到離開市區才有鬆了一口氣的表情。

畢竟如果是在市區，楊毓蘭不管做什麼，很可能都會引來旁人的側目，而且人口密集的地方，更容易形成嚴重的死傷，造成無法挽回的結果。

現在兩人跟著指引來到郊區，至少讓阿吉覺得楊毓蘭還有一點希望可以全身而退。只要現在的她還沒有做出任何蠢事，那麼整起事件只有被破壞的美術教室和兩個被襲擊的老師與教官，而那個老師正是阿吉自己，相信如果阿吉表明願意原諒楊毓蘭，教官也會跟進，頂多就是記個過而已。

這樣的代價，阿吉覺得還可以接受。

在離開市區之後，鐵盤上的指針逐漸轉向山區的方向，這讓追蹤的工作開始變得困難，尤其指針老是指向沒有道路的地方，而繞著山區所開闢的道路，有時候又是朝著反方向去的，這讓兩人越來越難追蹤。

「一旦變成像小蘭那樣，」曉潔皺著眉頭問：「是不是就不會再恢復正常了？」

「除非狂靈已經扎完根，」阿吉搖搖頭說：「才會完全失控，不然在那之前，還是會恢復正常，只是距離下次再次被狂靈操控的時間會越來越短。怎麼啦？為什麼這麼問？」

「嗯，」曉潔沉吟了一會後說：「我在想……我們現在追蹤的到底是正常的還是……」

雖然此刻距離下午楊毓蘭發狂已經隔了一段時間，不過就算是阿吉也不敢保證此刻的楊毓蘭是否真的恢復正常。

「有什麼差別嗎？」阿吉問。

「如果已經恢復正常，」曉潔抬起頭來看向前方的山路說：「我想說不定就可以稍微推斷一下，小蘭會在哪裡。」

「喔？」阿吉挑眉。

「我記得，」曉潔側著頭說：「上個月班上同學在聊天，有聊到夜遊的事情，那時候小蘭有說過陽明山上的夜景，她說她前……朋友，帶她上去過，從山上鳥瞰台北的夜景讓她印象非常深刻，一直想找機會再去。」

意識到阿吉等於洪老師讓曉潔趕緊把話收回，差點說溜嘴將楊毓蘭前男友的事情抖出來。

「所以妳覺得她會在那裡？」

「嗯，」曉潔點了點頭說：「雖然我不知道她去那裡的目的，不過以現在的方向來看，那邊似乎也的確有些可能性，這裡應該離看夜景的點不遠才對。」

「而且就算不是那裡，」阿吉看了一眼曉潔手上的硃砂鐵盤說：「應該也差不多了。好，如果是看夜景的話，我就很熟了，我知道一條小路可以過去。」

曉潔白了阿吉一眼，冷冷地說：「怎麼你常常帶人上來看夜景嗎？很熟咧。」

阿吉聽了嗆到似地咳了兩聲，然後趁著曉潔沒有繼續說下去之前，將車子彎進那條小路上。

「妳打開前面的置物櫃，」阿吉轉移話題般地說道：「有沒有看到一卷紅色的線團？」

曉潔還是繼續白眼了一會之後，才不甘心地打開置物櫃，裡面果然有看到一卷紅色的線團。

「上一次我們沒有半點準備，」阿吉向曉潔解釋道：「加上後面又有追兵，所以不得已的情況之下，只能放走楊毓蘭，但是這一次絕對不能再讓她跑掉了。她身上的狂靈，就算還沒到第三層，相去也不遠了。要是再被她跑掉的話，恐怕真的就沒有機會了。」

車子這時開出了小徑，轉了個彎，一路繼續朝著山上前進。

「等等可能不免會有一場惡鬥，」阿吉說：「因為就算現在楊毓蘭的狀況恢復，一旦我開始動手，她體內的狂靈肯定會發現，所以一定會再度控制住楊毓蘭來對付我，要是狂靈發現自己打不過，或者是狂靈發現控制的時間快結束了，它就會帶著楊毓蘭逃跑。如果妳也在範圍之內，我怕我會分心，加上狂靈捉摸不定，很可能會對妳動手，所以妳需要保持一個安全的距離。」

此時車子又過了一個彎道，過了這個彎道之後，只要再開五分鐘左右，就可以到達那個景點了。

「所以等等到了那邊，」阿吉接著說：「一旦確定楊毓蘭在那裡，妳就帶著這個紅色線團，跟我們保持一定的距離。有兩件事情需要妳幫忙，首先就是我剛剛說的，跟我們保持一定的距離，然後我要妳在附近用那個紅色的線，就好像警方圍起封鎖線一樣，把我們周圍圍起來。」

「啊？」曉潔皺著眉頭問：「要圍多大？」

「妳自己看著辦，」阿吉側著頭說：「就跟妳維持安全距離差不多的距離就可以了。那條線主要是為了防止楊毓蘭逃跑，就像我剛剛說的，如果情況順利的話，它很有可能會逃跑，到時候就需要這條線來困住它。然後……」

阿吉話說到一半，突然停了下來，曉潔轉過頭看向阿吉，只見阿吉一臉狐疑地看著左前方，曉潔也跟著看過去。

這時左前方的對向車道，有幾台車子正準備跟阿吉的車交會，其中除了幾台汽車之外，有許多都是機車，這些車輛一擁而下，感覺就好像在逃命一樣，其中機車上一對對的男女，臉上的表情更是充滿驚恐，好幾個坐在機車後座的女子都拿起手機在講電話，另外還有幾個甚至發出了尖叫聲。

「看樣子楊毓蘭真的在景點那邊。」阿吉沉著臉說：「順著尖叫聲走，這就是老一輩尋狂的不二法門。」

阿吉讓車子盡可能靠近山壁，避開了這些幾近混亂的車潮之後，又過了一個彎，那個觀賞夜景的景點就在不遠處。

此刻已經入夜，附近的路燈並不多，因此雖然距離不算遠，可是曉潔仍然看不清楚楊毓蘭是不是真的在那裡。

過彎之後開沒多久，阿吉便將車子靠在山壁旁邊停下，這邊的路雖然不大，但是寬度卻足以容下至少三台汽車，因此就算阿吉停靠在山壁邊，雙線道勉強還可以通行。

阿吉將那個從么洞八廟帶出來的袋子提在手上，下了車之後對曉潔說：「妳就從這邊開始拉起，道路的部分最後再封，等那些看夜景的都走了之後再說，線不一定要連起來，不過盡可能不要有太多漏洞，以免被它溜了。」

阿吉交代完之後，提著袋子朝看夜景的方向衝過去，沿途又遇到幾部正在落荒而逃的機車。跑了一會之後，終於看到了景點那邊，有幾個沒有離開的人，正圍著一個人，似乎起了什麼爭執。

阿吉衝過去之後，終於看清楚了，幾個男人所圍著的正是他們今晚東奔西跑所要找的對象楊毓蘭，而且光是看一眼，阿吉就知道楊毓蘭現在正處於被狂靈控制的狀況。

楊毓蘭張大了嘴，喉頭發出宛如動物般的怪聲，對著包圍自己的這些人咆哮。

而對其他人來說，楊毓蘭只是個破壞了他們約會的瘋婆子，正準備仗著人多勢眾，給這個瘋婆子好看。

然而對阿吉而言，不管是楊毓蘭傷害這些人，或者是這些人傷害楊毓蘭都是他不希望看到的結果，因此阿吉加快自己的腳步，並且對著那些人叫道：「住手！別亂來！」

不過阿吉的聲音幾乎全被那些忙著揚長而去的車輛引擎聲給壓住，加上那群人早就已經蠢蠢欲動，因此根本沒有半個人朝阿吉這邊看過來。

只見一個在楊毓蘭背後的男人，眼看楊毓蘭一直沒有注意到自己，覺得機不可失，伸出腳準備一腳踢飛楊毓蘭。

這一腳原本應該踢得神不知鬼不覺，豈料這一踹，腳還沒碰到楊毓蘭，楊毓蘭竟然跳了起來，並且在空中轉過身，整個人撲在那男人身上。

那男人根本還搞不清楚楊毓蘭怎麼躲過自己的這一腳，就被楊毓蘭給壓住，楊毓蘭沒給男人回過神來的機會，張大嘴猛力朝著男子的耳朵就是一咬。

「啊——」那男人的口中發出了淒慘的叫聲。

這一聲叫得驚心動魄，叫得其他原本包圍著楊毓蘭的這群人整個眉頭都皺在一起，幾個人甚至直接轉身逃開，不想跟這瘋婆子一般見識。

那可憐的男人整個軟倒在地上，連哀號的力氣都沒了，楊毓蘭才從男人身上站起來，噗的一聲像是吐口水般朝地上吐了一下，所有人先是一愣，然後臉上頓時全都浮現出驚恐萬分的表情。

原來剛剛那一咬之下，楊毓蘭竟然就這樣咬掉了那男人的耳朵，然後把耳朵吐在地上。

看著那血淋淋的斷耳，原本剩下還沒有逃開的那群人，也紛紛開始落荒而逃。

想不到自己最後還是晚了一步，楊毓蘭還是做出了會讓清醒之後的她後悔不已的行為，阿吉不免感到無比的遺憾。

那群本來還執意留下來教訓楊毓蘭的人，此刻紛紛往阿吉趕來的方向逃去，阿吉順手抓住一個已經嚇壞了的男人，要他把那個傷者還有斷耳帶走，送他去醫院。

那男人已經被嚇得六神無主，因此對於阿吉的命令，完全不敢違抗。

短短幾分鐘的時間，整個觀賞夜景的景點，只剩下阿吉與楊毓蘭兩個人而已。

阿吉從袋子裡面拿出一條看起來像是皮鞭一樣的東西，這是對抗會附身的靈體最有利的武器——法索。

看著楊毓蘭那張扭曲的臉孔，阿吉再次確定了自己最討厭的靈體就是狂。

阿吉會如此討厭狂，最主要就是因為狂有些地方對阿吉來說是非常棘手的。

就像這樣隨意出手傷人，這是第一個糟糕的情況，因為這樣的下場，往往就是即便最後順利除狂，不管是法律上還是道德上，楊毓蘭還是得要面對。

阿吉鬆開法索指向楊毓蘭，冷冷地看著楊毓蘭，不管怎樣，這個藏身在楊毓蘭的狂靈，都必須受到最嚴厲的制裁，因為到了此時此刻，自己也已經沒有全身而退的可能了。

在遠處等待的曉潔，看到最後一波的車潮落荒而逃之後，又等了一會，確定沒有其他車子後，開始將手上的紅繩拉開，並且好像警方圍起封鎖線那樣，沿著山壁牽起了紅線。

曉潔將紅線的一端綁在路燈桿上，然後一邊拉著紅線，一邊朝著阿吉的方向過去。

在拉紅線的同時，曉潔才發現這些紅線其實只是一般的棉線，一點也不堅固，原本還擔心在這種天色昏暗的情況之下，如果有駕駛沒看到，撞上這些線的話會有危險，不過在看到線的材質之後，曉潔也算是鬆了一口氣。只不過另外一個疑惑也油然而生，這樣的線真的可以擋住小蘭嗎？畢竟下午在視聽教室的時候，連玻璃跟那些人潮都擋不住她了，現在光靠這條稍微用點力就能扯斷的棉線，真的有辦法嗎？

雖然心中充滿疑惑，但是曉潔仍然照著阿吉所交代的，繼續將棉線沿著山壁拉開，而隨著棉線越拉越長，那些落荒而逃的車輛越來越遠，四周也逐漸恢復平靜。曉潔聽到了在不遠處，阿吉與楊毓蘭兩人正在惡鬥的聲音，不過現在天色太暗，以曉潔的距離還沒有辦法看到兩人的身影。

在這一片黑暗之中，曉潔也只能靜靜地拉著線，慢慢朝著兩人的方向而去。

楊毓蘭的速度遠遠超過阿吉所想像，畢竟這是阿吉第一次在對抗狂的時候，不是站在一旁跳鍾馗，而是像呂偉道長一樣，直接面對狂靈。

而且這一次不同於以往的是，過去呂偉道長還有阿吉這個徒弟在一旁跳鍾馗鎮場面，在跳鍾馗的效力之下，大部分的狂靈都囂張不起來，畢竟在驅魔真君的面前，再凶惡的鬼魂也會忌憚三分。

現在的阿吉即便手執法索，對付起楊毓蘭還是居於下風。楊毓蘭左一拳、右一腳，還不斷地飛撲攻擊阿吉，阿吉雖然拿著對抗狂靈最有效的法索，卻還是處於不斷挨打的地步。

當然這除了是因為楊毓蘭的行動異常迅速，加上力量也異常強大之外，還有另外一個更糟糕的原因，這也是阿吉討厭狂的第二個原因。

狂之力蠻，因此對上狂靈幾乎都會有死傷，除了對抗狂靈的道士會有危險之外，阿吉就曾經聽說過，有道士被逼得活活打死了狂靈上身的被害者，畢竟面對這樣凶殘力蠻的對手，一旦有所保留，那麼就是在跟自己的性命開玩笑。

當然這樣的情況，也同樣出現在一些會上人身的鬼魂身上，因此當年為了對抗害死小悅一家的那個凶靈，如果不是選擇讓凶靈附身到體質特殊的小悅身上，間接影響了鬼魂的力量，恐怕阿吉他們也沒辦法全身而退。

而偏偏，此刻的楊毓蘭非但身體健康，還曾經代表她們班參加過體育競賽，加上狂靈的蠻力，對阿吉而言可以說是最糟糕的組合。

想要盡量避免傷到楊毓蘭本身，恐怕不是阿吉能夠控制的事情。

雖然阿吉藉著魁星七式可以在招式方面略佔上風，但楊毓蘭真的可以說是打死不退，才剛打中楊毓蘭一拳，自己也吃了楊毓蘭的一腳。

這簡直就像兩個地痞流氓在打架一樣，只是兩人一個會痛、一個不會痛，而這個差別也讓兩人之間的互毆有了決定性的影響。

這時拉著紅線來到附近，終於看到兩人身影的曉潔，看到這景象實在越來越迷惑，只見阿吉看起來似乎每一下都可以攻擊到楊毓蘭，但是喊痛哀號的總是阿吉。

這時曉潔也注意到阿吉不同於以往的那個法器，除了使用魁星七式之外，阿吉另外一隻手上還拿著一個有點像是皮鞭的東西，並且一有機會就用那條鞭子攻擊楊毓蘭，本來還以為那會是一個非常有力的法器，不過打在楊毓蘭身上似乎完全不痛不癢，看起來根本沒有什麼神效。

曉潔謹記著阿吉的交代，盡可能遠離兩人，可是山路就只有那麼寬，如果要用紅線將兩人圍起來，勢必得要經過他們交手的地方，因此曉潔也只能用小跑步的方法想辦法縮短在那段區域的時間。

曉潔縮著身子拉著紅繩小跑步過去，刻意想要低調的模樣，反而更加詭異搞笑。

這邊的阿吉原本還專注地跟楊毓蘭纏鬥，誰知道打到一半，眼角餘光突然看到詭異的身影，瞄了一眼才發現那人正是要她遠離一點的曉潔，當然阿吉知道她此刻會靠近的原因是為了拉線，不過那刻意想要低調而縮著身子的模樣，反而更加吸引了阿吉的目光。

豈料這一閃神，阿吉立刻付出慘痛的代價。

楊毓蘭一腳紮實地踢中阿吉的腹部，這一腳力道非常之大，將阿吉整個人都踢飛了。

阿吉也因為腹部的劇痛，整個人失去了平衡，重重地摔倒在地上之後，痛得在地上打滾。

楊毓蘭當然不會給阿吉喘息的機會，衝到阿吉身邊一腳狠狠地踩下去，阿吉狼狽地朝旁邊一滾才勉強躲過這一擊。

可是就算躲過了一踩，腹部的這一下也的確影響到了阿吉接下來的行動，阿吉只感覺到剛剛楊毓蘭踢自己的那一腳，彷彿把他的五臟六腑都踢到移位了，光是腹部的劇痛就夠讓阿吉難受了，更何況還要面對楊毓蘭的瘋狂猛攻。

現在的阿吉，只剩下選擇的能力，選擇自己要用哪個部位來承受楊毓蘭的猛攻，狼狽的模樣連阿吉自己都難以想像。

由於先前已經靠近過兩人，所以曉潔並不打算將整個圈圈繞得太遠，在離開兩人那邊之後，大概走個幾分鐘，曉潔便打算收線，將紅線牽過馬路，準備回頭把這個封鎖圈給完成。

原本曉潔想要放棄靠近山崖的那邊，不過想到下午的時候，楊毓蘭曾經從六樓高的視聽教室毫髮無傷地爬到一樓，這樣的高度恐怕對狂靈上身的楊毓蘭來說，也不是什麼太大的問題。

就在曉潔回收紅線，想要再回去圍另一邊時，再次跨越馬路，重新往阿吉與楊毓蘭那邊去，惡鬥中的兩人又再度出現在曉潔眼前，曉潔看了一眼兩人的狀況，不禁倒抽了一口氣。

阿吉不但被楊毓蘭打得鼻青臉腫，滿臉是血不說，原本還可以耍魁星七式耍得虎虎生風的阿吉，現在只能跛著腳，被楊毓蘭追著打。

曉潔從來不曾見過阿吉如此狼狽的模樣，幾乎是連滾帶爬地躲著楊毓蘭的追擊。

不過現在的曉潔真的什麼忙也幫不上，只能想盡辦法完成阿吉所交代的工作，於是曉潔又跟剛剛一樣，縮起身子想要快點通過兩人的這一區。

就在曉潔低著頭，拉著紅線沿著邊緣小跑步，想要快點穿過欄杆時，突然一個黑影飛到了曉潔面前，整個人就這樣砸在欄杆上。

定睛一看，那黑影不是別人，正是被打到滿臉是血的阿吉。

阿吉被楊毓蘭狠狠地踹了一腳，整個人飛過來重重地撞在欄杆上，這一撞幾乎把身後木製的欄杆都撞凹了。

曉潔根本看傻了眼，愣在原地完全不知道該怎麼辦，耳邊傳來木頭斷裂的聲音，曉潔回過神來，這才看到阿吉身後支撐柱他身體的欄杆，正因為承受著阿吉的體重，所以慢慢地裂開。一旦那些欄杆整個斷裂，阿吉就會因為失去支撐，而摔下山崖。

曉潔見了立刻往前衝向阿吉，與此同時，阿吉身後的欄杆因為承受不住重量，應聲斷裂，阿吉的身子也因為重力的關係，緩緩地向後仰，仰向身後空無一物的斷崖。

就在阿吉整個人都快要掉下去的這一瞬間，曉潔趕到了阿吉身邊，一把抓住阿吉的領口，把阿吉從斷崖邊抓了回來。

被曉潔抓回來的阿吉，臉上掛著一抹奇怪的笑容。

「葉曉潔？」阿吉咧開嘴露出被血染紅的牙齒笑著說：「妳那邊弄好了嗎？我這邊快搞定了。」

「啊？」曉潔張大了嘴，看著彷彿被打傻的阿吉，完全不知道到底哪裡搞定了。

轉過頭，看著在燈光下衣裝不整，臉上仍然是一臉瘋狂的楊毓蘭，此刻正側著頭，用那瘋狂的眼神看著曉潔與阿吉，臉上也露出了一抹詭異的笑容。

剎那間，就連曉潔也不禁懷疑，自己是不是在這條路上唯一正常的人了。

2

事實上，阿吉並沒有被楊毓蘭痛毆到精神失常，因為就在剛剛楊毓蘭一腳把自己踢飛的同時，阿吉也勉強用手上的法索抽中了楊毓蘭的天靈穴。

……終於熬過了。

在自己宛如釘槍中的釘子被射在欄杆上的時候，阿吉心中只有這個想法。

只要熬過這一段時間，至少就已經贏了一半了。

旗搬兵、劍斬魄、索勾魂、傘囚靈。這就是鍾馗派道士們最熟悉的四大法器，每個都有不同的功用。

法索跟鞭子一樣，平常有時會用在鎮邪、驅魔、化煞等等用途之上，除了可以拍打地面發出響聲，藉以威嚇那些鬼魂之外，打在鬼魂身上，也有它一定的效力。

不過除了這些之外，法索最有用的地方，還是在對付那些附身的鬼魂身上，法索可以勾住人體內的鬼魂，並且將它從人體中抽離。

只要讓法索打到七個主要穴道，就可以順利將靈體勾住，這也是剛剛在曉潔看起來，阿吉只是用法索漫不經心地隨意抽打，但事實上阿吉都是對準了穴位在進攻的效果。

就在剛剛楊毓蘭給了阿吉一腳的同時，阿吉也打中了最後一個，也是最重要的天靈穴，這意味著阿吉隨時都可以試著將狂靈從楊毓蘭身上抽離。

然而，阿吉面前還有另外一個問題。

狂之凶猛，莫過離身之際。

也就是說，一旦阿吉將狂靈抽離，那也將會是狂靈最凶猛的時候，阿吉必須把握住一小段的時間，將狂靈給收了，不然它很快就會鑽入人體之中，到時候它的力量會更為強大，想要將它抽離會更加困難。

在十二種靈體之中，阿吉最討厭的就是狂，甚至如果讓阿吉選擇的話，他這輩子都不想要再碰到任何的狂靈，阿吉之所以如此討厭狂靈，有三個主要的原因。除了前面兩個原因之外，還有一個最重要的原因，也是道士們對抗狂時最大的問題，很多經驗不足的道長，在面對狂的時候，都會因為這個原因，導致最後慘死於狂靈之手。

這個原因就是狂的種類難辨識，正如口訣所述，「狂無常象、無源可追、無跡可尋。」這意味著狂靈很難在交手以外的情況下，辨別出它的類別，只有在交手之中，透過實際上交手的感覺，來辨別狂的種類。

在十二類的靈體之中，有些靈體甚至不需要特別辨別，解決的方法幾乎一樣。而偏偏三種九門的狂，雖然方法大同小異，可是步驟卻不可錯置。

因此狂一定得要在交手的途中，想辦法辨別出正確的種類，才有可能收服對方。

這也正是阿吉接下來的課題。

而楊毓蘭這邊，當然不會因為被勾住了魂而停下攻擊。

曉潔將阿吉抓住，阻止阿吉掉下山崖後，轉過頭看向楊毓蘭，就在兩人四目相對沒多久之後，楊毓蘭大叫一聲，再度朝兩人這邊撲過來。

就算曉潔心理有準備，都不見得可以應付得來這如瘋狗浪一樣襲來的楊毓蘭，更何況現在身邊還有個被打成重傷、差點掉下山崖的阿吉，總不能丟下他自己逃走吧。

楊毓蘭這一撲可以說是不顧一切，加上阿吉與曉潔兩人身後防止遊客掉落的柵欄已經被撞出一個洞，三人很有可能就這樣一起掉下山崖同歸於盡。

問題就在於，曉潔什麼事情也做不了，閃也不是，不閃也不是。

「把我們圍起來，」一旁的阿吉突然開口說：「它差不多快要逃跑了。」

就在阿吉這麼說的同時，楊毓蘭已經跳向兩人。

曉潔瞪大雙眼，看著楊毓蘭，突然之間，楊毓蘭竟然在空中好像被人拉住一樣，原本應該隨著慣性一路向前的她，急停之後向右水平移動，整個人在空中大轉彎完，重摔在地板上。

這到底是怎麼一回事？

曉潔張大了嘴，一臉訝異完全不知道剛剛發生了什麼事情。

雖然被狂靈上身的人可以做出超乎常人的動作，但是像這樣在空中改變方向，已經完全不合物理原則。

無視於訝異的曉潔，一旁的阿吉緩緩地站起身來，手上緊緊握著的，正是剛剛把楊毓蘭從空中扯下來的法索。

「趕快把我們圍起來。」阿吉緊盯著楊毓蘭對曉潔說。

曉潔這才趕忙重新拉起紅線，然後朝著另外一邊跑去，繼續她未完成的工作。

地板上，楊毓蘭雖然不像曉潔一樣，不清楚剛剛發生什麼事情，不過臉上仍然有著吃驚的表情。

楊毓蘭一個翻身躍了起來，瞪著阿吉一會之後，仰起頭來大叫一聲。

那聲音又大又尖，極為刺耳，甚至連遠處的曉潔都受不了地將耳朵摀了起來。

但是近在幾步之外的阿吉，卻完全不為所動，一雙眼睛直直地瞪視著楊毓蘭。

阿吉非常清楚，這是楊毓蘭體內的狂靈正準備發狂的準備，果然在叫聲之末，楊毓蘭立刻撲向阿吉，早已經有所準備的阿吉，立刻將法索朝旁邊一抽。

法索打在地上，發出恐怖的聲響，不但威嚇住楊毓蘭，讓她當場頓住，而且有了前面在空中被拖倒的經驗，讓她立刻蹲低身子，以防自己又再度被扯走。

情況就跟阿吉所想的一樣，現在法索已經勾住了楊毓蘭體內的狂靈，阿吉就好像馴獸師一樣，只要小心一點，就絕對沒有問題，現在他只需要確定楊毓蘭體內的狂靈種類，這場鬧劇應該就可以順利畫下句點。

而現在法索在阿吉的手上，他有足夠的時間來好好推斷一下，眼前這個佔據在他學生體內的狂靈，究竟是何方神聖。

就在阿吉試圖想要揭穿狂靈身分的同時，曉潔這邊已經遠離兩人，一路靠著懸崖邊拉線的她，不經意地看到了山下那台北的夜景。

真的很美，如果現在不是身陷在這種危機之中，她倒是很想要好好地在這裡欣賞一下美麗的夜景，點點的燈光，讓整個台北市區像是星海一樣美麗。

雖然被眼前的美景給吸引，不過曉潔一點也不敢慢下來，感覺已經遠離了之後，曉潔準備縮小原本預定的範圍，將線穿過馬路就算是完成了這個圈了。

而就在曉潔準備過馬路時，下意識地看了一下馬路，突然好像聽到了什麼，將頭轉向聲音傳來的方向，不過此刻的山路空無一人，沒有任何異狀。

可是曉潔剛剛真的有聽到一些奇怪的聲音，那聲音就好像有人在快速跑動的感覺。

不過看了一會之後，都沒有看到任何東西，曉潔也只能聳了聳肩，將紅線拉到對面起點的路燈桿綁起來。

好了，這樣一來，就算是完成阿吉交付給她的任務了。

只是曉潔有點猶豫，到底該在這邊等著，還是過去看看阿吉那邊怎麼樣了。

經過考慮，曉潔還是決定過去看看情況，總比在這邊枯等好，更何況照阿吉的說法，這條紅色棉線可以擋住那個狂靈，自己只要待在圈圈之外，應該沒什麼問題才對。

就在曉潔一路往回走的同時，阿吉這邊也已經對楊毓蘭體內的狂靈有了個底，摸索得差不多了。

狂靈也不是傻子，自然知道情況對自己不利，一直找機會想要逃跑，這時剛好遇到阿吉腳步一個沒踩穩，踉蹌了一會之後，楊毓蘭立刻朝阿吉踢了一腳，阿吉雖然躲過了這一腳，卻免不了一屁股跌坐在地，手一鬆，法索也不小心掉在地上。

楊毓蘭見狀立刻抓緊機會，拔腿就跑，而逃跑的方向，正好就是曉潔迎面而來的地方。

看到楊毓蘭往自己這邊猛衝的曉潔，整個人嚇到貼緊了山壁，完全不敢動彈，楊毓蘭轉眼之間便衝到了曉潔面前，伸出手正打算攻擊曉潔，卻完全沒看到橫在自己胸前的那條紅色棉線。

楊毓蘭的胸口就這樣撞上了紅棉線，激爆出火花，整個人也因此向後彈飛了幾尺遠。

曉潔完全看傻了眼，她完全無法想像這樣脆弱的棉線可以對楊毓蘭造成那麼大的傷害。

楊毓蘭被炸倒在地上，這是今天一整天下來，曉潔第一次看到楊毓蘭露出痛苦不已的表情。

阿吉這邊當然不會放過這個機會，整個人立刻從地上彈了起來，撿起法索衝過去，一隻腳踩住被炸倒在地上的楊毓蘭，一手將法索打在楊毓蘭身上。

「就是現在了！」阿吉對曉潔叫道：「快過來！」

曉潔這才回過神來，朝阿吉跑去，阿吉另外一隻手一抖，手上突然出現一個東西，並且將它拋向曉潔。

曉潔接住那個東西，定睛一看，原來是差不多一隻手臂長的銅錢劍。

「聽我的令下，」阿吉兩手緊緊抓住法索說：「妳會看到一條像繩子的東西在魂與楊毓蘭之間，我叫妳砍，妳就用銅錢劍把線斬斷。」

阿吉說完之後，立刻使盡全力扯著法索，只見那條法索末端，彷彿黏著楊毓蘭的背一樣，整條法索被阿吉拉得直挺挺的。

曉潔就這樣拿著銅錢劍，站在阿吉身邊，但是完全不確定自己到底該怎麼做，只能愣在一旁看著阿吉不知道在跟誰拔河一樣，不斷地拉扯著法索，並且一步一步向後退。

就在阿吉一步步往後退的同時，曉潔也看到了一個看起來有點透明的藍色身影，似乎慢慢從楊毓蘭的身體中被阿吉的法索拖出來。

看到這恐怖的景象，曉潔不自覺地退了幾步，這時那個身影已經完全被阿吉拖了出來。

曉潔試圖想要看清楚那身影的模樣，不過不管怎麼看都認不太出來，只能約略看出一個人形，不過說是人影也有些地方不太對，頭部的位置有三個圓球，看起來就好像三顆頭，而四肢的部分，卻沒有雙手，模樣看起來非常詭異。

除此之外，曉潔也看到了阿吉的法索末端，有幾條繩索就好像吸住那身影一樣，黏在那身影上，另一端的阿吉用盡全力拉著法索，就好像在參加拔河比賽一樣。

即便被拉了出來，那身影還是不斷反抗，似乎很想要回到楊毓蘭的身上。

「就是現在！」阿吉大叫。

曉潔這才回過神來，定睛一看，果然看到那身影跟楊毓蘭之間有著一條藍色的線，看起來就跟那個身影是一體的，有點像是連接母體與嬰兒之間的臍帶那樣的感覺。

曉潔想起了阿吉的話，看準了線，高高舉起手上的銅錢劍，然後深呼吸一口氣用力朝著線劈下去。

只要能夠斷了這條線，就可以徹底斬斷狂靈與楊毓蘭之間的連結，狂靈很難再上得了楊毓蘭的身，失去了肉身的狂靈，就像是斷了牙齒的老虎一樣，只剩下一點餘威，很難造成什麼傷害。

曉潔用盡全力揮下去，結果劍還沒有劈到線，突然眼前閃過一個黑影，曉潔立刻感覺到一股強大的力量襲向自己。

曉潔完全沒有準備，就這樣被撞飛，整個人在地上滾了好幾圈才停下來。

阿吉這邊等了一會還沒看到狂靈被斬開，正準備開口催促曉潔，回頭一看，立刻看到被撞飛在地的曉潔，以及那個在曉潔與自己之間的黑影。

這時被撞飛的曉潔也好不容易撐起身子，看向那個襲擊自己的黑影。

一個人影就趴在地上，四肢著地看起來就好像隻野獸一樣，這到底是怎麼回事？

看著那人影，突然之間曉潔有一種似曾相識的感覺，這人影怎麼看怎麼眼熟……

「春羽……」曉潔瞪大雙眼叫道：「是春羽！」

黃春羽彷彿一隻狗一樣，四肢著地，背部拱起，就好像受驚的動物般，張大了嘴對著曉潔低哮。

「是那犬妖！」阿吉一眼就知道是怎麼回事了，因此對曉潔叫道：「它上了黃春羽的身！」

而就在阿吉這麼叫道的同時，狂靈重新竄回了楊毓蘭的身體裡面，並且緩緩在身後站起。

就在阿吉好不容易只差臨門一腳之際，戰況似乎又有了完全不同的轉變。

而且這個轉變，就連阿吉都不知道接下來會發生什麼樣的情況了。

3

為什麼犬妖會在那麼短的時間之內再度聚集成氣，並且上了黃春羽的身，來找自己與曉潔的麻煩，阿吉一時之間還沒想通，不過就眼前的局面來說，根本沒有機會讓阿吉去細思這樣的問題。

怨靈上身的黃春羽，咆哮一聲之後，朝曉潔衝了過去。

阿吉見狀，立刻衝過去要保護曉潔，好不容易趕到曉潔身邊，才剛擋住黃春羽，旁邊卻突然一拳一腳打過來，把黃春羽跟阿吉兩人一起打飛，這一拳一腳不是別人，正是狂靈重新上身的楊毓蘭。

狂離身之後，若是不能解決，讓它重新上身，力量會比過去還要強大，也會變得更加棘手。

這點阿吉當然相當清楚，不過顯然事情已經發生了，不管做什麼都來不及了。

現在就只能想辦法從這場混亂之中存活下來。

「退出圈圈！」阿吉對著曉潔叫道。

但是話才剛說完，楊毓蘭又朝著阿吉與黃春羽這邊撲過來，這一次阿吉有了準備，狼狽滾開之後，趕忙爬向法索的位置。

剛剛在這一陣混亂之中，阿吉的法索已經掉在地上，就算狂靈重新回到楊毓蘭身上，但是只要法索在手，至少還能夠擁有一點主導權，另外那個上了黃春羽身的犬妖，也可以用法索把它拉出來，因此取回法索是阿吉的當務之急。

阿吉連滾帶爬，急忙朝法索而去，好不容易爬到法索邊，手還來不及碰到法索，突然又被犬妖上身的黃春羽給踩住了手，阿吉痛到立刻哀號了出來。

黃春羽這邊當然不會給阿吉機會，張大了嘴就朝阿吉的脖子咬去，但是還沒咬到，又再度被不分敵我的楊毓蘭給撲倒。

場面就是像這樣陷入了一片混亂。

阿吉意外被狂靈救了一命之後，終於勉強將法索搶回手上。

只是情況完全沒有好轉的跡象，三人亂成一團，根本就沒有誰真正掌握住局面。

目標鎖定在阿吉與曉潔的黃春羽，遇上只要見人就打的楊毓蘭，兩人不時互相攪到對方的局，而阿吉這邊要顧及曉潔，還要同時對付楊毓蘭與黃春羽，又得阻止楊毓蘭傷害黃春羽，更要注意自己的安危，根本連腦袋都有點混亂了。

阿吉相信自己已經很難遇得到比眼前更混亂的場面了。

勉強逃到圈圈外的曉潔，光是看就覺得眼花撩亂，只見阿吉這邊給了楊毓蘭一腳，左臉就被黃春羽打了一個耳光，而黃春羽也被楊毓蘭一把扯住了頭髮，三人根本沒人討到任何便宜，真的是一場三敗俱傷的混戰。

三人之中唯一可以稱為清醒的阿吉，好不容易才在這混戰之中理出一點頭緒。

當然此刻黃春羽會找上自己，就是因為殘怨的衍生，自己跟曉潔在學校屋頂曾經傷害過它的氣，現在它上身之後，自然就會來找他們報仇。而被狂靈上身的楊毓蘭情況卻是完全不一樣，不分敵我的她，會連黃春羽也一起攻擊，因此只要夠巧妙的話，就可以利用楊毓蘭來對付黃春羽，而自己也能從中獲得一點喘息的機會。

打定主意之後，阿吉開始調整自己的作戰方針，雖然狂靈這邊力量變得比剛剛還要大，就算阿吉扯動法索，也沒辦法完全控制住楊毓蘭，不過改變一點方向倒是可以。

因此每每黃春羽朝自己攻過來，阿吉便抽動法索，將楊毓蘭甩到黃春羽那邊，讓楊毓蘭去對付黃春羽。

眼中只有阿吉與曉潔的黃春羽，根本完全不理會楊毓蘭，也因此幾乎每次都會讓楊毓蘭得手。

而楊毓蘭一擊得手之後，阿吉又立刻甩動法索，不讓楊毓蘭追擊，自己也趁這個機會用法索抽打黃春羽的穴道。

就這樣原本是一團混戰的情況，被阿吉在裡面找到了一些訣竅，一時之間竟然控制住場面了，這點就連阿吉自己都不敢想像。

深怕夜長夢多的阿吉，抓住任何可能的機會，用法索不停攻擊黃春羽，一打滿七個穴道，立刻用力甩動手上的法索，讓楊毓蘭與黃春羽撞成一團。

「快點過來幫忙！」阿吉對曉潔叫道。

曉潔聽到之後，立刻衝過來，阿吉知道這會是一場硬仗，因此不敢大意，壓低身體，用力甩動了一下法索之後，開始用力拉扯。

在阿吉甩動了那一下法索之後，盤據在兩人體內的靈體也跟著被法索拉出了一點。

這一次法索不再只是黏在楊毓蘭一個人身上，而是在楊毓蘭與黃春羽兩人中間，法索尾端也同時延伸出兩邊的繩索，分別黏在兩人的靈體上。

即便阿吉使盡了吃奶的力氣，也只能稍微將兩人體內的靈體拉出來一點。

曉潔跑過來，阿吉立刻示意要她幫忙拉，在兩人的協力之下，才好不容易讓這場人靈拔河賽有了一點起色。

兩人體內的靈體緩緩地被阿吉與曉潔合力拉出，只是阿吉跟曉潔這邊也拔得青筋暴露、面容扭曲，才終於順利將兩個靈體都抽離出來。

一次將兩個一起扯出，阿吉與曉潔幾乎都用盡了一切力量，而隨著兩人身上的狂靈與怨靈被扯出來，那股強大的抵抗力道盡消，用力過度的兩人就這樣向後一翻，整個人一連退了好幾步。

阿吉這邊還好，有經驗的他重心放得比較低，一退摔倒在地上，順勢滾了兩圈便站起來。

而重心比較高的曉潔，一連退了好幾步，就這樣直直朝著欄杆而去，原本還以為會撞上崖邊的欄杆，誰知道好死不死竟然就撞向那個阿吉先前撞出來的洞，雖然在掉出洞外之前，曉潔就已經摔倒在地上，但慣性作用還是讓曉潔滾出了洞外，只剩下一隻手抓住了旁邊的欄杆，才不至於直接摔下山崖。

「曉潔！」阿吉見到曉潔竟然就這樣摔出，急聲叫道：「葉曉潔！」

「我……我還在！」緊急抓住旁邊欄杆的曉潔叫道：「救、救我！」

阿吉立刻衝到欄杆邊看，看到了曉潔正抓著欄杆，整個人懸吊在空中。

阿吉當然很想立刻拉曉潔一把，可是如果後面兩個剛拉出來的靈體不解決的話，可能還沒幫到曉潔又會重新上身，到時候非但幫不到曉潔，可能連自己還有楊毓蘭以及黃春羽都會跟著陪葬。

雖然這樣天人交戰的場面，很可能是阿吉這輩子做過最難的決定，也可能會讓阿吉永遠後悔，不過阿吉還是花不到幾秒的時間就當機立斷做出了決定。

「撐住！」阿吉咬著牙說：「妳一定要撐住，我馬上回來！」

阿吉說完之後，立刻衝回法索邊，一隻手拿起法索，另外一隻手撿起了銅錢劍，一劍俐落地劈斷了狂靈與楊毓蘭身上的那條線，劈完之後劍鋒一轉，將銅錢劍擲出，筆直地打中了正準備爬起來的犬妖。

阿吉將手伸入口袋之中，東西都還沒拿出來，嘴巴已經用極快的速度唸出口訣：「銅錢斷連結，硃砂破狂孽，天狂魔這是給你的滅狂索，滅！」

唸口訣的同時，阿吉將剛剛拿出來的小袋子咬開，把袋子裡面的硃砂倒在手上，然後順手朝著法索上面一抹，整條法索頓時變成了紅色。

對準了天狂魔的背，阿吉毫不留情地就是一鞭抽過去，過程中阿吉的嘴巴可沒半點閒著，已經開始唸下一段口訣。

「碎金逼原形，碎銀鎮怨氣，怨妖之氣，這是給你的破氣焰。」

這正是昨天曾經對付過犬妖的口訣，只是差別在這一次沒有滿天飛舞的金銀紙。

阿吉唸完口訣的同時，也收拾完天狂魔，轉過身來拉出一個掛在脖子上像是護身符的東西，將它打開，裡面有摺疊成小塊形狀的金紙、銀紙。

阿吉將小塊的金紙、銀紙打開，拿出打火機把兩張金銀紙點燃之後，也不管火焰燙手，一手抓著金紙，另外一隻手抓著銀紙，就好像雙手擊掌的動作一樣，將兩掌打向犬妖的頭。

原本就被銅錢劍所傷的犬妖，完全沒辦法閃避，就這樣被阿吉的兩掌拍成煙灰，消散開來。

轉眼之間收拾掉兩個妖魔的阿吉，不敢有半刻停留，立刻衝到斷崖邊。

力氣逐漸用盡的曉潔這時也完全撐不下去了，手一鬆，整個人眼看就要向下掉了。

突然一隻手伸過來用力抓住了曉潔的手，阻止了曉潔的下墜。

這時，遠處傳來了警笛聲。

阿吉抓緊了曉潔的手，但兩人還是在逐漸下滑中，驚慌的曉潔完全沒辦法使力，只能祈禱上面的阿吉將自己拉上去，但是經過一整晚幾次使盡全力拉扯法索的情況之下，阿吉即便已經使出吃奶的力量，還是沒辦法阻止兩人逐漸下滑的趨勢。

「看著我！葉曉潔。」阿吉凝視著曉潔說：「我絕對不會放開的！就算會掉下去，我也會緊緊抓住妳的手！如果妳要上來，妳也要用力！不然我們兩個就會一起摔下去！」

阿吉的話讓原本驚慌的曉潔慢慢冷靜下來，隨著情緒逐漸冷靜，曉潔這邊也終於有了一點力量可以抓緊阿吉的手，並且用腳探了探附近的石壁，找到了稍微可以踩踏的地方，一步一步用腳踩著石壁，慢慢向上爬。

經過兩人的一番努力，曉潔終於順利爬上來了。

在確定曉潔安全爬上來之後，阿吉這才全身無力地躺在地上。

而警車上的警示燈，也一明一滅地由遠而近朝著這邊而來。

4

天空是一片蔚藍，空氣中卻瀰漫著一股燒香過後的餘味。

雖然現在是大白天，可是到了這樣的場所，曉潔還是覺得有點不安。

那晚在陽明山觀賞夜景的地方，警方隨後趕到，逮捕了楊毓蘭。

阿吉與曉潔、黃春羽三人雖然被當成觀賞夜景的路人而沒有什麼大礙，但是被楊毓蘭咬傷的男子，堅持要對她提出告訴，所以可能還有些麻煩。

不過不幸中的大幸是，那個纏住楊毓蘭的天狂魔已經算是解決了。

唯一剩下的問題還是一直糾纏著黃春羽不放的怨妖。

在經過了陽明山的那場惡鬥之後，被打得鼻青臉腫的黃春羽，雖然不像楊毓蘭一樣會記得過程中發生的事情，不過也給了阿吉與曉潔一個機會，向她解釋最近發生在她身上的事情。

當然，這一次主導問話的人，不再是曉潔，而是自稱是洪老師弟弟的阿吉。

黃春羽對自己被怨靈纏身這個事實感覺頗能接受，也真的把阿吉當成可靠的修道人士，對於阿吉提出來的疑問，都願意一一詳細回答。

經過了詢問之後，阿吉也大概猜到問題在哪裡了。

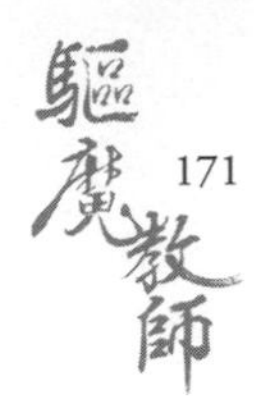

過了幾天之後，到了週末，阿吉約曉潔來到了這個地方。

「這裡，」阿吉對曉潔說：「就是怨的源頭。」

「啊？」曉潔看了看四周，一臉狐疑地說：「那個犬妖是春羽的祖先？」

兩人現在所在的地方，正是黃春羽家在一個多月前遷移過來的祖墳。

「當然不是，」阿吉搖搖頭說：「我請人打聽過了，黃春羽他們家選擇了一個非常不吉利的日子遷移祖墳，而且這個祖墳的位置，也有很多地方不妥。」

「是因為黃家不相信這些嗎？」

「不相信還需要特別請假遷祖墳嗎？」阿吉笑著說：「他們不但相信，而且幾近迷信的地步。我已經查清楚了，簡單來說，就是幾個月前，她爸聽信了一個江湖術士的話，認定他們家祖墳需要搬遷，而那個江湖術士不但亂搞一通，讓他們在非常不吉利的日子搬遷祖墳，風水也看得亂七八糟。」

「情況就跟上次那個禿頭神棍一樣嗎？」

曉潔說的是在美嘉中煞的事件中，美嘉父母親非常信服的那個神棍。

「類似，」阿吉沉下了臉說：「不過如果跟這個神棍比起來，那個姓鍾的善良多了，至少那個姓鍾的不會惡搞這種事情。在我看來，這個神棍不只騙財，還想害命。」

「有這麼惡劣？」

「嗯，」阿吉說：「除了日子跟風水不對，還有個最糟糕的地方是，我前幾天去他們祖墳遺址看過，也跟墓地管理人員聊過，原本舊的祖墳那邊，有一個特別設計用來埋葬寵物的地方。妳還記得黃春羽曾經跟妳提過她爺爺養狗的事嗎？」

曉潔點了點頭。

「那隻狗就是埋在那裡。」阿吉說：「但是搬遷祖墳的時候，就像妳現在看到的一樣，寵物的遺骸並沒有跟過來……」

「牠被留在原地？」曉潔皺著眉頭說：「這就是怨源嗎？被遺棄所以怨恨？」

「理論上應該不會這樣，」阿吉苦笑著說：「如果真的這樣就會產生怨靈，那麼全台灣不知道有多少人會被怨靈纏身。另外我也確定過了，舊祖墳那邊並沒有留下寵物的遺骸，所以我懷疑狗的遺骨被那神棍拿走了。」

「啊？」曉潔一臉不解：「拿那東西幹嘛？」

「當然是做壞事啦，」阿吉白了曉潔一眼說：「我有把那犬妖的模樣描述給黃春羽聽過，她感覺應該真的是她爺爺以前養的那隻狗。所以我看那個神棍，根本就是故意要搞出這一切。可惜的是，聽說在那之後，黃春羽的爸媽就再也聯絡不到那個神棍了。」

「那麼現在怎麼辦？」

「知道源頭就好解決了，」阿吉聳了聳肩說：「我已經請我師父以前熟識的風水師，幫他們家稍微化解一下這個祖墳的風水。至於怨妖的部分，我也已經請道士幫忙招魂跟立牌位，應該可以平息它的怨氣。只是這過程需要一點時間，不過至少黃春羽不會再被那個犬妖纏住了。」

聽到阿吉這麼說，曉潔也鬆了口氣，至少黃春羽這邊的問題算是解決了。

「所以……」曉潔沉吟了一會之後說：「這件事情是不是跟先前發生的那些……」

「嗯，」阿吉點了點頭說：「我想多半有關係。」

「這也真的太沒完沒了了吧？」曉潔苦著一張臉說：「他們到底想幹嘛？要這樣搞我們到什麼時候？」

「我想，應該……只有凶手才知道答案。」阿吉面無表情地看著遠方答道。

尾聲・全面啟動

1

——距離呂偉道長死亡的五個多月前。

這一天是非常值得紀念的日子，因為就在今天晚上，呂偉道長與阿吉兩人連袂出擊，合力收服了最後一個，也正是第一百零八個鬼魂，呂偉道長真正成為了之後大家口中的「一零八道長」。

自從約莫一年前，兩人聯手搏命收服了「天逆魔」之後，這一天的到來，似乎指日可待，只是連阿吉都沒有想到，這一天竟然拖了將近半年才到來，畢竟在道上已經有人開始稱呼呂偉道長為「一零八道長」了，如今等了半年，這個稱號總算是名符其實了。

「恭喜師父，」阿吉一邊收拾著剛剛作法用的戲偶，一邊笑著對呂偉道長說：「你真的達成了，你現在開始真的是一零八道長了。」

「是我們，」呂偉道長笑著抓了抓阿吉的頭說：「是我們一起達成的。」

阿吉將戲偶放回貨車。

「你還記得，」呂偉道長問阿吉：「我們為什麼要開始找齊這一百零八種鬼魂嗎？」

「記得。」阿吉點了點頭。

「如果可以的話，我希望可以湊齊一百零八種鬼魂。」在兩人一起解決了大約五十種靈體的時候，呂偉道長曾經這麼跟阿吉說過。

當然，當時的呂偉道長也告訴阿吉這麼做的目的，就是為了補足口訣，呂偉道長不僅補齊了這五十種靈體的口訣，甚至有些還添加了他自創的口訣。

雖然跟劉易經的領悟有點類似，無法百分之百還原鍾馗祖師當時所傳承下來的口訣，但是，由於在這之中，有不少是呂偉道長以別道所研究出來的口訣，因此就整體的完成度來說，比起劉易經的自我領悟，呂偉道長的口訣要來得完整許多。

這當然也有部分原因得要歸功於北派的口訣本來就是四派之中比較完整的，再加上呂偉道長本身的功力，以及阿吉在旁邊以神乎其技的跳鍾馗加持，讓呂偉道長有很多機會可以好好鑽研鍾馗祖師所遺留下來的口訣，從中找到許多別道線索，創造出更加完善的口訣。

這正是呂偉道長帶著阿吉踏上這條收服一百零八種靈體的初衷，也是兩人共同完成的一項歷史創舉。

「阿吉啊，」這時呂偉道長仰起了臉說：「記下這段口訣。」

呂偉道長一邊想一邊說，每說一句都要阿吉複誦，一直到確定阿吉每一個字都沒有記錯之後，才會接著說下一句。

這些呂偉道長自創的口訣，完整地保留了鍾馗派原本遺留下來的口訣，並且在裡面增加了呂偉道長這些年的經驗與領悟。

在將整個口訣都敘述完了之後，呂偉道長要阿吉重新複誦一次完整的口訣，阿吉從小記憶力就非常驚人，這也正是當時呂偉道長收阿吉為徒的原因。

在確定阿吉記清楚了，呂偉道長才滿意地點了點頭說：「好了，這就是融合了我們兩人這段時間的經驗，所領悟出來的全部一百零八種靈體的口訣，然後……阿吉，從今天開始，關於這個新口訣，我要你答應我一件事情。」

「什麼事情？」

「就是永遠都不要再提起。」呂偉道長點了點頭說。

「啊？」阿吉張大了嘴，訝異之情全寫在臉上：「師父，你這是在耍我嗎？永遠不要提起，我是背心酸的嗎？」

那麼慎重其事地確定自己有沒有背誦正確，兩人還東奔西跑就只為了研發這些口訣，結果到頭來只是為了永遠不再提起？

為了這件事情，情同父子的師徒倆非常難得地大吵一架，不過最後兩人還是達成了共識，只是不管是阿吉還是呂偉道長都沒有辦法預料到，這樣的共識到頭來竟然會引發這麼大的一場災難。

2

放學時刻，曉潔跟著同學一起，步出了校園。

只是此刻的她，並沒有踏上熟悉的回家之路，反而是朝著另外一個方向而去。

穿過了幾條馬路之後，一座停車場出現在曉潔的視線之中，這座停車場就是阿吉每日通勤時停他那台亮眼跑車的地方。

那時候因為曉潔懷疑班上的這一切都是阿吉搞的鬼，所以才會在放學後跟蹤洪老師，想不到意外發現了這個提供阿吉變裝與停車的場所。

只是曉潔沒有想到的是，這裡也意外成為了日後阿吉與自己相約的地方。

今天之所以會來這裡，就是因為在下課之後，被洪老師叫住。

「我弟弟有事情要找妳，」洪老師鬼鬼祟祟地說：「放學後到他停車的那個停車場等他一下。」

沒有給曉潔任何拒絕的機會，洪老師說完之後，便一溜煙地回到了教師辦公室，留下錯愕的曉潔在心裡面咒罵。

放學之後，曉潔還是照著洪老師所說的，來到了這座熟悉的停車場。

看樣子阿吉已經有所準備，因為當曉潔到達的時候，洪老師已經卸下一切變裝，換回了阿吉的身分，並且在那輛紅色跑車裡面等待著曉潔的到來。

「其實很多事情是可以透過我哥跟妳說啦，只是……呼……學校裡面有很多話實在很不方便說。」

阿吉不改裝死的個性，一直到現在還在那邊我哥我哥的稱呼著他的另外一個身分，這讓曉潔不自覺地又翻起白眼。

「所以你想說什麼？」曉潔問。

「我哥已經去看過楊毓蘭了。」阿吉沉著臉說：「她現在被收留在醫院裡面。」

「喔，」聽到阿吉這麼說，曉潔也跟著沉下了臉：「她的情況怎麼樣？」

「情況不是很好，」阿吉搖搖頭說：「妳也知道，案發的時候有太多目擊者了，所以接下來她可能要面對法律方面的問題。不過我給她做了簡單的測試，至少天狂魔的部分她應該已經沒事了。」

「嗯。」曉潔哭喪著臉說：「小蘭她明明是無辜的。」

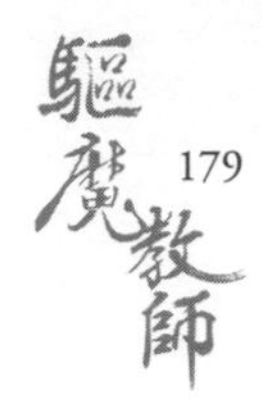

「是啊。」

「難道……」曉潔轉向阿吉問道：「我們真的什麼事情都不能做嗎？」

「我已經請認識的醫生幫忙安排了，」阿吉沉著臉說：「接下來會做精神鑑定，幫她做鑑定的醫師，對於靈學這一方面，也有相當的研究，所以我想在精神鑑定那方面，應該會有好一點的結果。雖然最後可能會需要接受一點治療，不過比起一肩扛下那些跟她無關的罪行，這也算是勉強可以接受的結果了。」

曉潔點了點頭表示贊同，這的確是個不滿意，但是勉強可以接受的結果。

「不過……」阿吉轉向曉潔說：「這不是我找妳來這裡的原因。」

「喔？」

「會找妳來這邊，」阿吉面無表情地說：「是因為我接下來要說的話，如果讓我哥去跟妳說，被人聽到可能會引起軒然大波。」

「啊？」曉潔一臉訝異：「什麼事情那麼嚴重？」

「那就是，我有一個請求，」阿吉說：「希望妳可以配合。」

「什麼請求？」

阿吉沉默了一會之後，才緩緩地抬起頭來說：「我希望……妳可以搬到么洞八廟，住大約一個禮拜的時間。」

「什麼？」完全沒想到阿吉會提出這種請求的曉潔，訝異之情全寫在臉上。

當然曉潔非常清楚阿吉會有這樣的要求，一定有他的考量。

「可是這也太……突然了吧？」曉潔過了半天才這樣說道，不過轉眼醒悟過來瞪大著眼問阿吉：「你是不是察覺到什麼了？」

「倒也不是察覺到什麼，」阿吉淡淡地說：「只是一個想法而已。」

「啊？」面對阿吉這有說等於沒說的回答，曉潔眉頭依舊深鎖：「能告訴我是什麼想法嗎？」

「我現在還不能說，」阿吉果斷地搖搖頭說：「不過如果妳想要知道，最好的方法，不就是搬到么洞八廟就知道了嗎？」

聽到阿吉這麼說，曉潔低頭考慮了好一陣子。

「如果這是你泡妞的手法，」曉潔白了阿吉一眼，表示她對阿吉裝神弄鬼的抗議：「說真的，不只太遜，而且很惡質。」

「當然不是！」阿吉瞪大眼睛說：「妳在想什麼啊？」

「現在不是我想什麼，」曉潔挑眉道：「是你在想什麼吧？有想法的人是你啊，可是你卻故作神祕，至少得跟我解釋一下你的想法吧？」

「我的想法？」阿吉用手摸著自己的下巴說：「我在想，這段時間發生的事件，有種越演越烈的趨勢。所以，我猜測距離他們揭露出目的的時間，應該也越來越近了。我想就算我們不去找凶手，他們終究還是會出面，所以一切的謎底，可能很快就會揭曉了。」

「所以照你的說法，」曉潔攤了攤手說：「我們也不用多想了？反正一切很快就會揭曉了。」

「理論上是這樣沒錯，不過……」阿吉突然沉下了臉說：「利用到狂靈真的是太超過了。即使是以前，我跟師父曾經一起對付過的那個人逆靈，都不曾利用到狂靈。所以雖然我不清楚搞鬼的人是誰，但至少有一件事情是非常清楚的，那就是對方一定是到了喪心病狂的地步，才會利用狂靈來做任何事情。」

阿吉會這麼說，當然就是因為即便是當年那個被稱為「易經之禍」的劉易經，也不曾使用過狂靈，畢竟狂靈太過於殘酷，而且難以控制。

就好像使用生化武器一樣，不只有你想加害的對象會受傷，就連其他無辜的人也會被捲入。

「這也表示，」阿吉接著說：「對方不但法力高強，而且還喪心病狂，要對付這樣的對手，我們這邊也需要做點準備。」

「喔？那你打算怎麼做？」

「讓妳到么洞八廟住一個禮拜，」阿吉果斷地說：「這就是我的計劃。至於詳細內容，就看妳想不想知道了，想知道就來么洞八廟。」

想不到阿吉到頭來還是這麼一句話，讓曉潔忍不住又白了他好幾眼。

「裝神弄鬼……」曉潔碎唸了一句之後，考慮了一陣子，用下巴比了比前面說：「還不開車？」

「去哪？」

「去我家拿行李啊。」曉潔一臉不甘願地說。

「喔，」阿吉聳了聳肩說：「我想說我那邊有幫妳準備好了……」

「兔女郎裝嗎？」曉潔幾乎整對眼睛都翻白了：「不必了。快點，趁我還沒改變主意之前。」

聽到曉潔這麼說，阿吉二話不說立刻發動車子，並且熟練地將車子開離停車場，一路朝著曉潔家而去。

3

一間坐落在住宅區之中的廟宇，一共四層樓，斜對面有一間百貨公司，附近還有捷運，落在台北鬧區之中，光是以地點來說，就已經是非常精華的地段了。四層樓的建築，從外觀就可以看得出金碧輝煌，廟主雄厚的財力光是從地段與建築物就可見一斑。

這座廟在江湖上有個外號與廟的主人相連結，他們稱為「光之廟」，不過也有人戲稱它是「七十九廟」。

沒錯，這座廟的主人，正是現在北派的掌門，也是道上人稱「光道長」的廟宇。

廟宇的四樓，那個用來聚會用的大廳，也是這幾年來北派召開「道士大會」的地點。

今晚，從外面就可以清楚地看到那間大廳燈火通明，然而道士大會卻從來不曾在這樣的時刻召開。

燈火通明的大廳四周，與呂偉道長紀念館一樣，牆上也掛滿了許多照片，幾乎都是光道長與一些政經界大人物的合影。

不管怎麼說，呂偉道長與光道長兩人師出同門，他們的人生原本應該有著差不多的地位、差不多的榮耀，但是兩人卻彷彿在一個岔路徹底走散了一樣，一個上了天，一個卻怎麼追也趕不上那個上了天的腳步。

這些年來，光道長唯一可以贏過呂偉道長的，就只有錢與人脈而已。

但是說到錢，他蓋了這座壯麗的廟宇，卻比不上那間破么洞八廟來得有名。

說到人脈，他一直都沒有像頑固老高那樣對呂偉道長永遠支持的盟友。不應該是這樣。

再怎麼說，兩人應該也在伯仲之間，不應該有這樣的落差。

不過這一切，都即將有了轉變。

此刻在這間大廳之中，光道長就坐在主位上，看著台下的幾個人。

底下的大桌子坐滿了人，人數雖然比起道士大會時要來得少很多，但是這樣的人數當作代表已經非常足夠了。

「那個女學生，」其中一個年紀比較輕的男子對著其他人說：「已經被警方逮捕，那小子雖然想要幫他的學生，但是我看啊，應該是愛莫能助。不過那個怨靈，似乎已經被那小子收了。」

「我想，」坐在靠近主位的一個男子低著頭說：「我們已經不需要再確認任何事情了吧？八種靈體他只有三種是完全照著口訣來，剩下的都是用別道。那小子連道士都不是，更別說有什麼通天的本領了，以證據來說，這已經是鐵一般的證明了。」

「嗯，」另外一個比較遠的男子點著頭附和道：「這已經是不爭的事實了。呂偉那傢伙的確有留下口訣。」

「哼，」另一個男子冷哼了一聲啐道：「這就叫做晚節不保！」

「死節不保吧？」一個年輕的男子打趣地說著，引來其他人的一陣訕笑。

「想不到名震天下的大人物，」一個年過半百的男子搖著頭說：「呂偉道長到頭來還是這種為了私利的小人。」

「那還考慮那麼多做什麼？」

「我們大家不就為了這個聚在一起的？」

「所有的測試都已經完了嗎？」

「剩下的就只有……滅了。」

「不，我們還有一個真正的王牌。」

「是沒錯，不過我想應該是不需要了吧？就確認來說，我們已經取得絕對的證據了，不是嗎？」

「沒錯！鐵一般的證據。」

「動手吧！」

「對啊！動手吧！」

坐在主位的光道長，沉著臉聽著眾人的討論，不發一語的嘴唇像個失意的老頭般向下垂。

每個人都有自己需要扮演的角色，這點經歷豐富的光道長可以說是箇中好手。

至少，現在所扮演的角色，很可能是他有生以來最喜歡的一個角色。

在眾人似乎達成了「動手吧」這樣的共識之後，所有人都紛紛轉向這場會議的主人，等待著他做出最後的決定。

「既然大家也都這麼認為了，」光道長仰著頭，臉上浮現的是一種深刻的愁容說道：「那麼就由我來宣布，最後的計劃正式啟動吧。」

聽到光道長這麼說，所有人臉上都展露出「終於要開始了」的表情。

台下在沉寂了一會之後，眾人才紛紛拿起了手機，每個人對手機另一端所說的話，幾乎都大同小異。

「喂，是我……最後的計劃啟動了。」

看到台下所有人有志一同的動作，光道長原本一直下垂的嘴角，終於緩緩地上揚了。

這一刻，他已經等了太多年了，真的太多……太多年了。

後記

大家好，我是龍雲，很高興再次跟大家相見。

就我個人而言，我非常喜歡這部《驅魔教師》，如果真要探究其原因，除了這系列本身是以過去那些港產殭屍片的調性為主之外，另外一個原因就是在這系列故事裡面，有很多是真實存在的東西。

像是跳鍾馗、七星步等等，都是真實流傳已久的東西。

除了這些之外，其中也包含了一些真人真事的故事在裡面，而在本集的故事裡面，就含有我自己親身經歷過的一些事情。

有興趣的讀者可以猜猜看，到底哪一段情節是我的真實經歷，我會在下一集的後記裡公布答案。（提示：那是在我高三時發生的事情。）

最後同樣希望大家會喜歡這次的驅魔教師，我們下次再見。

龍雲

龍雲作品 04

驅魔教師 04：犬妖

國家圖書館出版品預行編目資料

驅魔教師04：犬妖 ／ 龍雲 著.
一 初版. 一 臺北市：春天出版國際，2015. 06
面； 公分. 一（龍雲作品；04）
ISBN 978-986-5706-69-2（平裝）
857.7 104007875

ISBN 978-986-5706-69-2
Printed in Taiwan

作者 龍雲
封面繪圖 B.c.N.y.
總編輯 莊宜勳
主編 鍾靈
責任編輯 黃郁潔
美術設計 三石設計

出版者 春天出版國際文化有限公司
地址 台北市信義區信義路四段458號3樓
電話 02-7718-0898
傳真 02-7718-2388
E-mail story@bookspring.com.tw
網址 http://www.bookspring.com.tw
部落格 http://blog.pixnet.net/bookspring
郵政帳號 19705538
戶名 春天出版國際文化有限公司
法律顧問 蕭顯忠律師事務所
出版日期 二〇一五年六月初版
定價 160元

總經銷 楨德圖書事業有限公司
地址 新北市新店區寶興路45巷6弄6號5樓
電話 02-8919-3186
傳真 02-8914-5524

龍雲
作品

龍雲
作品

龍雲
作品

龍雲
作品